柳絮飛來片片紅

心水 著

代序　知識人情懷

陳若曦

心水已出版了兩部長篇小說，三本微型小說，加上詩集和散文各兩冊，在我眼中已是多產作家。想到他經歷大海逃亡、異國謀生、養兒育女等艱苦困頓之餘，能把經歷和心得訴諸筆端，真實感人，連含飴弄孫之樂的書寫也令人莞爾，對海外華文世界而言，堪稱豐收。

認識心水和婉冰夫婦是四年前一次雲南采風之旅中。他們夫婦熱情隨和，極好相處。也因我們都有一段在共產主義社會生活的經驗（上世紀六十年代我投奔社會主義祖國碰上「文化大革命」，七十年代他們遭遇南越政權易幟），彼此多有共同語言。這經驗也讓我們理解和珍惜民主得來不易，厭惡政治對立和暴力手段，期盼能通過包容和溝通以化解任何糾紛。兩年前我有機會去新加坡演講，特地南下澳洲探望他們，視為終身筆友也。

心水謙遜厚道，但也有嫉惡如仇的一面，不公不義者必加撻伐，散文極富時代意義。澳洲在眾多華人眼中是世外桃源，氣候良好，資源富饒，又地廣人稀，向來是華人移民的首選之一。難得心水是「獨樂樂」也要「眾樂樂」的人，站得高也看得遠。他憂慮地球過度開發，時時以環保為念，筆下流露的「先天下之憂而憂」的知識人情懷，展現的正是地球公民的責任感。

心水也積極推動海外華文作家的交流。二〇一〇年，他帶領澳、紐一批作家朋友創立「世界華文作家交流協會」，為中國大陸、臺灣、港澳和歐美華文作家提供切磋交流的平臺，熱心可感。

適逢散文集《柳絮飛來片片紅》出版，區區數語權作祝賀之意。

二〇一三年二月三日撰於臺北

自序　開窗時有蝶飛來

心水

無相齋是我的書房，在改用電腦敲鍵創作前，書桌面南、前後庭園是東西兩方。我習慣晨起撰稿，早餐後進書房必先打開窗簾、推上玻璃窗框架，讓微風透過擋蚊蟲的鐵絲網輕送，又有光線照入。伏案書寫時，不時傳來鳥語花香，在寧祥安靜中，靈思飛馳，因而能有一篇篇塗鴉作品。

九月初春來臨時，庭前繁花繽紛招展，後園果樹扶桑。除了引來無數鳥雀爭鳴外，驚喜的是常見蝶影雙雙，從我窗前展翼蹁躚，讓我暫停書寫，觀賞美麗蝴蝶那份悠然自得。

地球因人類過度開發，森林園地日益稀少，繁華都市只見高樓大廈，市民再難聞鳥語，更無緣目睹蜂蝶飛翔。能在人間淨土的墨爾本定居，實是萬幸。也因住在這片樂園中，我才可靜心安坐書齋內，任思潮飛馳，天馬行空的敲打鍵盤。

過去多年，投入了「澳洲維州華文作家協會」的會務，及編輯幾部「維州作協選集」的操勞，再無能力為個人作品結集分心。世事難料，機緣巧合，竟可再編選這部散文集，實在盈溢著無比高興。

這冊散文集內，把過往多年發表過的作品選輯，最早的一篇是原居地時的舊作〈而立的年輪〉，是拋鄉棄國後由文友保存的唯一當年心血，彌足珍貴。餘者，皆為近七、八年來用電腦創作存稿，之前手寫發表的篇章，無法再花費打字時間，故棄而不選，全書連同序文總共收錄七十篇文章。

書名選最後一篇的題目，並無特殊含意，取其典雅奇妙而已。全書分四輯：親情篇、緬懷篇、鴻蹤篇、浮生篇。依內容分類如下：

輯一收十一篇，含飴弄孫樂及對失散妹妹的思念，是為「親情」。

輯二共十三篇，皆為對往生親友的追思，故輯名稱作「緬懷」。

輯三取十八篇，雪泥鴻爪觀光旅遊見聞，定以「鴻蹤」。

輯四合二十六篇，紅塵擾攘，有情世界種種觀感，實是「浮生」。

文學類的中文書籍，在西方國家幾無人問津，幸好眾多僑界友好們慷慨解囊支持，同時榮獲臺灣秀威資訊公司對海外華文作家的關注協助，此書始能順利面世。

名作家陳若曦大姐百忙中為拙書賜序，增添無限榮寵，萬分感謝！

最後，自然要感恩賢妻婉冰，對我生活起居無微不至的照料及寬容，讓我能安心創作及閱讀，是為序。

二〇一一年十一月十一日於墨爾本

二〇一三年元月廿六日澳洲國慶日重新編輯修訂

目次

輯二 緬懷篇

輯三 鴻蹤篇

輯四　浮生篇

輯一　親情篇

祖孫情——兼賀永良乖孫週歲誕辰

去年幼媳秀卿的預產期醫生判在六月初，早於產前幾月已由素描器測知胎兒是男嬰，心中頗為興奮。黃家長房終有了香燈，便開始為我這個內孫構想個名字，兒子、媳婦聲明英文名由他們賜給。反正我重視的是中文好名字，從五個子女、孫男女以及遠在歐洲的侄孫男女們都由我命名，可說駕輕就熟，難不倒我。

困難的竟是要通過兒子夫婦的認可，要好寓意又要合筆劃的大吉數字。同時，我還為孫兒將來寫姓名時設想，不能用冷字或太難寫的字，真是用心良苦。產期天天接近，心情也越來越緊張。希望孫兒千萬不要在「六四」蒞臨人世，以免今後，在中國近代史上這個可恥可悲的流血日子裏，孫兒竟要做慶生？

老天垂愛，也可能孫兒收到爺爺的心思，終於在六月三日降生人間。舉家狂歡，老懷更是興奮莫明，急急趕去醫院與孫兒會面。小乖乖不領情，獨個兒好夢正甜，一連幾天皆如此。每次在他酣睡中瞧瞧，見他臉龐粉白細潤，也已心中歡喜無限了。

首先張開單眼與爺爺相見，然後才雙目齊開，把老叟五官映入他清明靈動的黑眼瞳，是否從此識我，真不得而知？隨著日子的飛走，過去一年內，祖孫倆相處不到百次，每次不外六、七十分鐘，但不知是血緣關係或者天生就與我這個爺爺投緣，永良對我的喜歡一如我對他的深愛，只要相見，絕對是皆大歡喜，讓我正確明白「弄孫樂」的真正含義。

每週定期兩次前往相距十幾公里外探望孫兒，對我們都是大事一項，尤其是他祖母更是忙到不亦樂乎，要大早燉粥水或麥片，到超市也經常購買尿片、營養小食物帶去給小乖乖，流露的是祖輩對孫兒的溺愛。

到達後，只要永良沒睡覺，這個總是一臉笑意的孫兒，在我張開雙手時必撲向我來，一入我懷，再也不肯讓其父母或祖母摟抱了。任他們想方設法，好話說盡，都無法更變小乖乖的決定，讓他們又妒又慕，等我累了，才主動放下孫兒或讓媳婦抱回。

三月遠遊美國，致電給兒子，他的電話裝有擴音功能，對著話筒我必問候永良，和他談話，耳機立即傳來孫兒咿咿呀呀的發音，據兒子轉告，每次聽到我們的聲音，永良初始奇怪，然後手舞足蹈歡喜莫明，小小心靈不明白電話用途，也自不懂為何再沒見祖父前往抱他？回來後，每有和兒子通電話，兒子必讓出些少時間等我們對著話筒和永良聊聊天，祖孫情的增進，也許與這方法有關吧？

我總想不通，從沒有給孫兒餵飲食，也不會給他更衣或換尿片，除了和他聊天、親他吻他抱他摟他擁他外，再來就是在地上與他一起玩耍，扮鬼臉裝傻相，難明為何小孫兒如此對我依戀？

大前晚，兒子來電興奮之極的說，永良會行路了，初初是幾步，剛會了很好奇，來來回回的越行越遠了，再幾天才週歲，終於學會自己開步走了。經已夜深，不然真想立即趕去看看他如何搖搖擺擺的行走？

週歲的稚童腦內懂了什麼？他如何辨別親人？什麼是父母爺爺奶奶？肯定他小腦筋是不會有這些稱謂的概念。對媽媽的識辨當然是娘親身上的乳香味，可對爸爸或爺爺奶奶，他又如何明白或認識呢？我不了解，也不必去深究，也許祖孫緣特別好，我們彼此彷彿前輩或更久遠的時空早已相識相知相愛相惜了。

每次與他相處的幾十分鐘內，永良總會發出爽朗的笑聲，從來沒哭鬧。有時祖孫倆在地毯爬著互相追逐，冷天裏也彼此大汗淋漓。後來，晚間玩得太累太興奮，造成他難於成眠，媳婦就不準我們如此。唯有節制著，改變溫和方式玩耍。

整天笑臉常開的小乖乖，實在人見人愛，連他兩位小表姐（外孫女伊婷和伊寧，五歲與三歲。）難得一見時，也爭著圍繞在他身旁引他注目。

後天就是永良週歲的慶生，我們沒有抓週的風俗，西化的兒子兒媳更不信這種習俗。他們初為人父人母，高興的為永良準備慶生會，廣邀親友。家人都忙到團團轉，祖母和姑姑更要協助打點當日招待來賓的食品。

我這個爺爺除了封個紅包給嫡孫賀喜外，抽空把年來祖孫共樂的點點滴滴記下，作為額外的另類薄禮，祝福乖孫永良（Axel Jack Wong）：快高長大，健康幸福、時時喜樂、如意吉祥！

二〇〇六年六月一日初冬於墨爾本

外孫李強

去年底到舊金山住在女兒家，看電視天氣預報，美國沿用華氏，六七十度也真不知道有多冷？問女兒是攝氏多少度，她也答不出來。在一旁讀書的外孫李強脫口說他知道，並立即拿計算機按了幾下，就把華氏轉換成我明白的攝氏了。

又加又減再乘，果然了得，對這個九歲大的外孫，真要刮目相看。以前女兒來信總不忘誇耀她的寶貝兒子如何如何精明，如何如何不平凡，天下父母心，對心肝寶貝，在父母眼中

李強與母親、外婆婉冰攝於2011年5月鹽湖城市府

莫不是天下奇才天下美男天下美女。也因此，總以為李強（Andrew Lee）無非是被刻意形容而已，小小年紀有何能耐和特別？

帶著眼鏡、身體不高、略為瘦削的孫兒，九年前是早產兒，六個月就提早降生，被安置在大玻璃管內，靜躺在高床上，全身插滿了各式各樣的膠管和針筒，只有一磅多，比雞還要小，据說只有五成的存活希望。如此待在醫院接受成長及考驗，及至九月大出院，已堅強的和一般初生嬰孩沒多大分別。有的就是先天不足，父母要加倍花精力時間照顧教養。

女兒是教育碩士出身，在舊金山一所知名雙語學校任教，對唯一的兒子自然悉心教育，工餘幾乎把全部時間都放在兒子身上，花錢買益智玩具，購買不少圖書，幼兒期便每晚在睡前朗讀課本，講故事，使李強自幼對書本引起極濃厚的興趣。

成長中給他學游泳、學功夫、學鋼琴，他三舅父月前才滙了四千美元送給他一個鋼琴，正好表演給外公外婆聽，小小年齡座在琴椅上，中規中距的運指如飛，琴聲流瀉，一室的雅音盈盈繚繞。

那天倍他去附近的動物園參觀，見到成群企鵝戲水，他問我企鵝如何能游水？天為什麼會下雨？說烏雲還有許多不同名稱，並一一如數家珍的道出英文名稱來，真是太出我意外了？說來汗顏，阿公被小孫兒考倒了，他很有耐性對我講解鴨鵝會游泳的理由。

在回程時他一一為我解答我不明白的一些問題，忽又問我地心有什麼，地心距地面有多長？然後話題轉到天文學上，九大行星的名字是什麼？太陽有多大？

很驚訝他小小腦袋竟裝了那麼多希奇古怪的學問，天文、地理、生物、科技、醫學、人體，那些許多學問，有的只是我一知半解的，聽他娓娓道來，如不見其人，誰能相信是個黃毛小子？

故意給他出些難題，問些我認為很深連自己也不懂的事兒，他回答不出時，竟專心記下了，返家翻參考書悄悄找出答案後，再高興的正式給我答覆。

問女兒，李強這麼小，如何腦袋中會有那麼多的學識？女兒說從小引導他喜歡書冊，為此她花錢買了許許多多兒童讀物，隨著年齡購買不同的課外讀本。如每年更新出版的科學新知這類書是必購買的好讀本，是追上日新月異新時代的必備參考書。

玩具也選擇益智類才買，如拼圖、拼出整個高難度的立體機械物件等。婉冰買了一個他心愛的合併玩具給他，回家他就全心投入，幾個小時後，一座新玩具已完美的拼好了。

晚飯前，看他在燈下津津有味的展讀哈利波特這本童書，真是一個小書迷，那樣子很可愛，讀書可以使人廢寢忘餐，如不叫他，他真不知飢餓呢。

女兒為這個心肝寶貝，投人了許許多多心血，每天都為他訂下了作業，幾時做功課，幾時讀冊，幾時看電視，幾時彈鋼琴，都有限定，一點也不馬虎。

中文作文比賽，李強勝出獲獎的一篇小品，字數不多，內容竟然寫我這個外公，頗令我感動，他小小心靈原來把我作為他的偶像，希望將來能成為一個作家。女兒找出來給我讀，真使我慚愧。我這個外公，這次在和他相處的時日中，才明白他那份聰明和記憶力，是我所不及。想起我九歲時，不要說有他的知識，根本是一個無知的頑童，除了玩耍外，那會有李強今日腦中所藏的學識呢？

假以時日，他將來的成就必大大高於我這個公公，應毋庸議。老天垂憐，讓這個被外婆婉冰形容為「堅強生命」的早產兒外孫李強，如今不但健康成長，而且經過後天訓練，小小年紀，在知識層次，早已超越同齡兒童的智慧。

有如此乖巧孫兒，老懷真是萬分安慰啊！

二〇〇四年元月十五日於墨爾本無相齋

小天使的眼淚

一年半以前如何也不能想像小女肚內懷著的外孫女伊婷（Jaslyn Truong）降生後，會成為我和婉冰的心肝寶貝。我雖然有五個子女，但在他們成長的過程，因為當年在原居地從商，整日忙於應酬，加之家境富裕，婉冰誕下兒女後都雇有保母照顧，根本無暇讓孩子糾纏，也就失去了對幼苗漸漸茁壯的觀察及擁有那種種童趣的享受。

十一年前內孫女如珮出世，也是寄託兒所到三四歲才由婉冰看管，不過早上帶她過馬路上學，下午到校接回來，因她早已會行會講，伶俐聰明不在話下，我們也不必太費心思。爺孫彼此逗笑，其樂無窮，我把她當成洋娃娃她將我看作大玩具，偶然老少瘋癲一番，惹來婉冰笑罵，她自有一絲絲不為人知的酸味在發酵。

弄孫之樂中，卻對稚齡嬰孩如何從睡醒哭喊、飽餓屎尿中轉變成人一無所知。

長女美詩移居加州，八年前外孫男李強早產，婉冰獨飛美國去做保母，我這個外公也要到數年後才與孫兒相見，摟摟抱抱親親熱熱，公孫投契可惜天南地北　通常也要一兩年才見一次面，親情再濃也被時空阻隔而淡卻，每每在女兒來電傾談中讓小強通過話筒和阿公說聲好，問候完了徒留下一串久難忘懷的思念，包括憶及長女往昔在越南時一家人團聚的種種歡愉，戰亂骨肉流離，辭根散作九秋蓬，盛平之世時人如何能理會這些辛酸呢？

幼女婚後購屋距我們約六公里，六七分鐘的車程，較之與長女遙隔著太平洋要飛行十多小時才可會面，回娘家的方便，姐妹是不可相比的了。我們去探望也是一樣，自然近者次數更多啦！因此孫女伊婷呱呱墜地後，產婦「坐月子」，母親婉冰自然是首選陪月，我是當然的全天候司機了。

從不起眼的小小嬰孩及至會笑會行和如今能講簡單的語言，十八個月裏，公孫婆孫隔代之情竟烘烘燃燒，「一日不見如隔三秋」，絕非詩人誇大的句子，不單是我們兩老思念她，據女兒說，每次對伊婷講公公婆婆要來時，她便急不及待的爬到門邊（近日已會行走），待在門後苦苦等待。當門鈴響起，她又笑又叫，公公婆婆的直喚到我們應門入，手舞足蹈一時撲向我，親吻後再轉而投入婆婆懷中。

我們耍樂逗笑，公孫扭開音響一齊跳舞，玩捉迷藏。有時外婆難忍誘惑也不請自來參與，瘋狂一陣子後，要離去的剎那，小孫女免不了吻了又吻，行行爬爬送至閘門內，眼色依依難離難捨。一張原本笑如花綻的小臉蛋，歡容早隱，代之而起的是絲絲愁悶，我倆返家途中話題仍繚繞著剛才弄孫之樂的種種趣味。

上月女兒再誕下第二個女娃娃，婉冰給這個孫女改名舒婷，恰巧與廈門鼓浪嶼的大詩人「舒婷」同名，（舒婷與北島、楊煉等同輩，均為中國當代著名詩人。）

真是沾光不少呢！女兒在臨盆前怕到時孫女無法兼顧，故提議先給伊婷來我家過夜試試，哈！我倆正中下懷，固所願也而不敢求。如今可以帶這個小天使回來住宿，竟日相處，其樂無窮。倆老強忍內心的喜悅，恐怕秘密洩露，被女兒收回成命。

孫女的行裝應用八寶齊備後，那天由父母送來，女兒女婿並在我家用飯逗留至八時許，向伊婷拜拜。本以為她必大吵大鬧不肯獨留，殊不知女兒女婿丟盡顏臉，她向父母飛吻後，轉身便與我玩樂，根本不把父母放在眼內。是夕，我們膽戰心驚，深怕半夜三更伊婷醒來要找媽媽時，我們不知如何是好？誰知一切出乎意料，當她矇矓半醒時，只是伊呀著要奶嘴，凌晨給予奶瓶餵食後，一覺到翌日八九點才起身。難得的是起床後見到我們笑吟吟，聲音甜美芬芳的分別稱呼公公婆婆，如此乖巧可愛，逗得我要與內子爭著搶抱。

睏時自動走進寢室，在地上的床舖躺下便睡，小小心靈竟把公婆的家當作她也有份，真正賓至如歸。如此每週來過夜一二次，現在竟纏著要睡在婆婆身邊，也不管大人們同不同意，自個兒爬上我們的大床。我這個阿公只好讓出床位，到客房孤枕獨眠。

更換尿布、泡奶粉和洗澡這些工作我全無能為力，都由婆婆包辦。小精靈心中早已了然，但每次問她是否要去街街？是否要到Park去（公園）？小腦袋猛點後必找我抱，或主動撲向我懷中，任婆婆說破嘴皮也不肯離開我。她是明白外婆不會駕車，每次外出除了父母，便是公公負責駕駛接送。也因為每有出門均由我抱她到專用車座，為她扣好安全帶。慣性工作已深印入伊婷的心裏，不必多說，小天使自然知道誰和誰的作用。

自妹妹誕生後，伊婷有份被父母冷落的感受，尤其對母親更存著一種抗拒，意識裏認為不再得到雙親的重視，性情起了微妙的改變，本來笑口常開，歡容滿臉。現竟時時發小脾氣，愛哭愛鬧，有點無理耍賴。令大人們手足無措，不知怎樣對待，又哄又呵，出盡方法，還是難回復先前的活潑可愛。

在她小小心靈是一時難以接受妹妹到來的事實，也許是天性中的爭寵成份起了作用，以至本來只有她備受父母關懷。如今卻多出了一個比她小的娃娃在家中，彷彿更得到大人的垂注？那些脾氣大概是發來引起注意的一種動作吧！

見到她落落寡歡，那麼小的女囡居然會愁眉不展，有時自個兒抱著棉被呆坐小椅子悶悶不樂，一坐兩小時。聽了我心中也很難過，看到她淚珠滾落，美麗可愛的小天使，淚痕留在臉頰上，心中極之不忍，兒童也會難過，人生原來在那麼小的時候已有了這麼複雜的感情變動，是我從來沒想到的事。

幸而，童真的歲月，小腦袋不會裝載及記憶太多的東西，無論愉快或不樂的事件，只要睡醒，都已忘到乾乾淨淨。伊婷那張惹人憐討人愛的笑臉，又再如新綻的玫瑰花，散佈著清香，把歡樂撒到週遭，感染著身旁的人。

親愛的伊婷，阿公愛妳疼妳惜妳，願小天使的淚珠不再，深心祝福妳倆姐妹：無災無難，平安成長，快樂幸運，一生如意。

二〇〇二年十月十二日仲春於墨爾本

英子姑娘

每逢週六晨起，必然穿著整齊，心中焦急的等待，那種年輕時赴約前的焦慮居然重演。又不敢聲張，要強壓湧自內心喜悅，以免敏感的老妻察覺。

也忘了這個不見不散的約會是何時正式開始，主動者並非是我，而是美麗動人的英子姑娘。她其實對這個特殊約會，已當成了生活習慣，只要星期六醒來，還沒裝扮就急不及待的要見我了？

姑娘春眠不覺曉，往往要八時才伸著懶腰張目，翻身起床後，瞧見沒上班的父親，便婀娜多姿蓮步搖擺的到書房，指著電腦伊

Nanami Wong英子姑娘

呀啟齒。

新加坡與墨爾本時差三小時的關係，桌面電腦的螢幕傳來鈴聲，通常是墨爾本早上十一時了。按下接聽鍵，先是兒子顯影，繼而是英子姑娘羞怯迷人的姿容浮現了，靈動的黑眼珠配上可掬笑意算是招呼。

主觀老以為英子只是與我有約，事實是姑娘多心，對螢光幕上硬擠入來而笑靨似花的婉冰，彷彿也頗感興趣似的。至少也會與她至今仍無法清晰稱呼的「嬤嬤」（祖母的粵語稱謂，卻與媽媽諧音，以至牙牙學語的英子無法分清母親與祖母？）搔首弄姿一番，經已讓婉冰樂透啦！

最近，每每在螢光幕上見到我時，芳心高興即衝口而出，清脆響亮的呼喊「爺爺」，讓擠在身邊爭著與英子傾談的婉冰，滿心不是滋味？不得不酸溜溜的說：「看來英子是比較喜歡你了。」

第一次與她初識，是她五個月大左右，我們懷著興奮心情到新加坡去歡迎黃家的新成員。可英子卻擺起小姐大駕，對祖父母不假以辭色。可能她當時完全聽不懂我們的粵語吧？那幾天相處，像冷水般將我們的自作多情淋濕了，不單不能擁抱，有時厚著老臉低聲下氣對小姑娘擺笑臉，也不被理睬。那份自討沒趣像黃蓮般硬吞下肚，又不好聲張，以免被老妻嘲笑。

再見面時，經已週歲的英子，懂得玩耍了。若不外出時，必與她扮「鬼臉」，或伸舌頭或閉一隻眼睛，或用雙掌遮掩臉頰。讓她又笑又怕，沒想到這小姑娘聰明之極，居然全學會了。竟然在她父母前表演一番？

後果可想而知，對女兒言教身教極為認真的媳婦，必定向夫婿反映，兒子也認為不能「縱容」這等行為，即時要我勿再如此與英子開玩笑？錯在為老不尊的我，只好尷尬的唯唯諾諾。不過，也因此「胡鬧」而即時贏得了英子的芳心，這是老妻萬萬沒想到的呢。

離開新加坡後的翌日，兒子告知，英子睡醒一如往昔到我們睡房尋找祖父母。她自然不明白爺爺和嬤嬤為何「失蹤」啦？那個週末首次在電腦螢幕上相見，祖孫又開心又惆悵，雖能相見傾談，卻無法擁抱接觸了。

自那次起，每週六睡醒，見到她父親必然指著電腦，口齒不清的要為她開機。這個約會就此定下，成為與英子及兒子「相見」的特定時刻。也成為近年來的習慣，萬不得已週六早上是不會外出，有什麼事能比與美女的約會重要呢？

兒子明哲（Peter Wong）晚婚，兄弟姐妹（他排行第三，上有兄姐，下有弟妹）都早已為人父人母，四十開外始當父親，自然視英子如珠似寶。喜獲千金時，將女兒外文芳名改為Nanami Wong？譯成中文是「黃七海」？說他夫婦生性愛海，又四海為家，故將女兒命名七海。

幸而還有我這個略通中文的爺爺，在孫女仍在母胎內時，早已為黃家新成員的中文芳名定為「英子」。話雖如此，可每每在螢幕上叫一聲「英子」時，這位美人兒彷彿聽而不聞。嬤嬤婉冰投其所好，開口閉口都叫著Nanami，搏得姑娘歡心回應。

兒孫輩洋化，漸漸成為「黃皮香蕉」或「ＡＢＣ」？那是「無法度」之事啊，也是當初一心嚮往西方國家自由民主政治及文明社會生活，所沒想到的後果呢！唯有用「阿Q精神」自我安慰：「地球村形成」，全球一體化時代來臨，淡化國家觀念後，世界各民族一家親，中化西化無分彼此。

電腦視幕上，婉冰教英子聽粵語，眼耳口鼻牙齒都用上了。如今除了這幾個詞彙讓她懂得廣東話外，其餘的也許要等到她將來長大，有機會欣賞港產影片或劇集時，才學習粵語，可算是捷徑了。（墨爾本郊外東南區華裔、越裔人士聚居小鎮史賓威市Springvale，不少正宗越裔人士講得一口流暢粵語，都是從觀看港劇而學會。）

英子姑娘與我的約會時間快到了，還是趕快打住拙文，專心等待螢光幕的顯影，還有什麼比聆聽英子姑娘那一聲嬌嫩甜蜜的「爺爺」更重要呢？

二〇一三年二月二日星期六於墨爾本

純潔微笑

誰都知道一張五官展示的笑臉有多種，人為萬物之靈除了有思想智慧外，還有變化多端的表情，喜怒哀樂形於臉龐。同是笑容，女子笑的魅力絕對勝過男人，一笑傾心再笑傾國的史書早有記載，不容置疑。

那年路過巴黎羅浮宮，本想進入一睹那幅「蒙娜麗莎」名畫，她在畫面上的微笑已成為法國國寶，但要排隊四小時始能輪到。天不作美，冷風細雨飄搖，不忍陪我的弟弟及其友伴浪費寶貴時間，加之也難抗春寒侵襲，只好放棄。

從小愛笑的張伊婷已上初中了

再怎樣醉人的笑姿，也不過是一幅圖畫，除了展現美感，畫中人的眼耳口鼻被定格的迷人笑意永恆不變，成了藝術館的無價典藏。對任何個人的義意不大。

有位活色生香的女子，對我展顏，嘴唇輕輕蕩開，彷彿湖心的小舟漾過後留下的漣漪，在我心上搖晃。那份清甜甘香是她出奇不意的倏忽在我絕無防備下把口唇印下我的左臉頰上，頗令我神魂顛倒，霎時失態，心花怒放，高興得有如獨中六合彩般的狂喜。

那一吻後，真令我魂牽夢繞，思念她的一顆心無時無刻懸掛著，三天兩日總要藉故悄悄去探探她，小姐芳心大悅時，嫣然一笑，庭園的眾花黯然失色。想起古人形容的「閉月羞花」，倒也並非誇大其詞。

認識她時，由於陌生關係，對我從不假以顏色，要嘛裝著不見，要嘛轉過粉紅的嬌臉，對我不理不睬，任我使盡渾身解數，總難贏取美人的笑意。心有不甘，老臉也掛不住，又不能送花送禮或以銀彈進攻，小姐視此種種如無物。俗語說有緣來相會，無緣見面也不識，可能是我們緣薄，也只可以此自我安慰。

為了博取小姐好感，每去找她，不論她心情好壞，也都厚著臉皮在她跟前亦步亦趨，人總是感情的動物，尤其是女人，不論資歷不論年齡，只要多接觸，投其所好，總可使她回心轉意。皇天不負有心人，我的糾纏苦功終於有效，六個月後，她已開始對我完全改觀了，每次相見，不但輕啟薄唇，微笑示好，還有時嬌羞無那般飛快的在我臉龐印下一個熱熱的吻，便躲閃開去。

有時多日未遇，一旦相見思念之情難抑，趨前摟抱要強行索吻，豈知小姐大發嬌嗔，高聲用普通話連叫：「不要！不要！」這也是她唯一會講的一句普通話。

小姐和我投緣後，每週偶然肯來我家過夜，她喜歡書本，陪她去圖書館是最開心的事，有時與我牽手同行，有時則自己獨步，與我保持數寸距離。過往行人不論老少男女莫不對她展示友好的笑意，看到她那迷人身影，人人都難抗拒她的自然美感，誘惑著過往的眼睛。

在館內眾多書架前必定老馬識途的先去後方兒童部玩一陣子積木，隨意翻翻幾冊大開本的圖畫集，然後帶我到中文書架，一本本的把那些中文書抽出來給我，大多時候我是耐心的把小姐抽出的書本再安放回去。很少借閱的原因是那些書不合我閱讀口味，以前借過幾次，小姐記憶良好，以為我每次皆要閱讀？

兩年相處下來，除了早期的那六個月左右，這年半時光，我和她的感情可說進展神速，每次提起，內子婉冰絕不吃醋。她只是津津有味的聽著，也偶而說說和她的交往的心得。人都是容易犯上自以為是的毛病，在我心中，一直肯定確實小姐早已對我愛之極深。再不抗拒我的擁抱親吻，每次有電話時，也要和我傾談幾句，總讓我飄飄然。

此位純美的小姐就是我的外孫女張伊婷，兩週歲生日，在家開了個大派對，她開心得很，再不怕生。有了個六月大的小妹妹伊寧後，她變得像個姐姐般成熟。不許他人走近妹妹處，每次回家首先找伊寧。這是天性，無人教導。那日她心血來潮忽對外婆又親又吻，輕聲說很愛婆婆。我不甘受此冷落，小心輕問小姐是否愛外公多多？她施展頑皮的伎倆對我笑笑，不予回應，卻輕聲在婉冰耳旁說悄悄話：「婷婷惜婆婆多多。」難怪婉冰在提起外孫女時，眉開眼笑，總比我高興。

把我這個公公激得七孔生煙，再問亦是不假詞色，總之是迫她不得也。但再怎樣利誘，也無法改變她童心那片真摯。

伊婷的微笑千金難買，她的親吻也是無價寶。如非小姐心生歡喜，不管用何方法都難有反應。若不識趣很可能惹出一場意想不到的哭聲，讓你手足無措。

含飴弄孫為人生至樂，祖父母與孫輩的感情好壞也要看緣份，當然最重要的是對孫輩們的愛心，天下沒有白吃的午餐，愛心能使頑石點頭，只要肯先付出，必會有收獲。

伊婷的純潔微笑，對我來說，又甜又香，充滿了美感和無比的快樂，而且她的笑變化多端，時而淺淺展顏，五官如畫圖之美。時而聲音清爽亮麗，有如陽光暖身，極其舒暢，比之名畫蒙娜麗莎的笑容，多了靈活及音色之美。

幾日不見伊婷，她的笑意使我牽腸，一個能令我掛心的微笑，其魅力真非我有限的詞彙所可描寫。這位小美人，每次和她一起漫步去圖書館時，引來無數的羨慕眼神，我心中的驕傲和神氣，也難以言宣。

打稿至此，張伊婷（Jaslyn Truong）小姐來電話相約了（話筒傳來清脆的稚音：公公，去Park，Park！），要我帶她去公園盪鞦韆，豈能不趕緊關閉電腦趕赴「佳人之約」呢。

二〇〇三年三月三十一日於墨爾本無相齋

純真的笑容

初為人父時，每當子女哭鬧，我總遠遠的避開，避無可避或逃遁不了，無明火氣就上升，若是燈下寫稿，往往因哭聲而停筆，繼而惡語開罵。妻子或保姆都知我最怕孩子吵鬧啼哭，通常趕快將鬧情緒的孩子抱離，或又哄又誘，使盡快停聲，以免被我打罵。

幾個兒女童年歲月成長過程，都多次被我體罰，常用雞毛掃抽打手掌或小腿，幼女美文每當無理吵鬧，見我拿了籐鞭，未打就大喊「唔敢了唔敢了」，流著鼻涕眼淚遠遠的躲開，或跑去媽媽那兒求援。三子明哲內向怕羞，是唯一由婉冰一手撫養的，較少惹事哭吵。偶而犯過，怕受皮肉痛楚，見我生氣必鑽入床底或高桌下，等我怒罵時才畏懼的爬出來，其母聞聲趕至已將他又摟又抱，讓我無從下手。

先父對我三兄弟的家教極嚴，耳提面命總不忘說「教不嚴父之過」，當我成為人父，竟也不知不覺將成長過程被嚴父體罰加之兒女，好像那是天經地義、理所當然的事。今天兒女們獻身社會，都很長進，沒有為非作歹，是否我這個嚴父教導有方或只是家山有福，也無從查証。

當我初為人祖，享受弄孫無窮樂趣，對孫輩在吵鬧哭喊，一反從前心態，再也不會厭惡或反感，而是耐性忍受，心生憐愛，又哄又惜，或裝神弄鬼扮傻，讓孫兒女破啼為笑。

外孫女伊婷和伊寧，相差十八個月，一個五歲，小的三歲半。為了爭寵經常吵鬧，女兒心煩時不免打罵。若我在時，必又抱又摟，不讓孫女受到體罰，外公對孫輩的慈祥，在女兒眼中竟成了「溺愛」。也許年青時為了事業打拚、經營生意，對兒女的存在多有忽略。如今當了祖輩，才懂得天倫之樂是人生至高享受。對孫兒女因愛而憐，因憐而惜，不知不覺也就變成縱容和溺愛了。因而，祖輩只宜偶而享受弄孫之樂，不應肩付長期管教養育孫兒女的職責。

孫兒永良六月初過了週歲後，便被父母強帶去海外渡假，一去五週，送機時見他被抱入閘門，才分手已頓湧離愁，對他的思念真是無時無刻。

這個男孫人見人愛，因為他自誕生後，只要睡醒，極少哭鬧，整天展顏，面露純真笑容。幾月大已認識爺爺我了，當然在他幼小心靈中，根本不明「爺爺」是什麼東西？只是除了父母，出生至今，見得最多的就是祖父母這兩張老臉孔了。人與人間相處，總說要有緣份，親人間也如此。

或許我與永良特別投緣吧！爺孫相見，他一聽到我的聲音，立即歡笑，一副樂不可支的樣子。只要我展臂，他不論是在父母或祖母的懷抱中，必不管一切的飛撲而來。被我摟著抱著後，任誰也不能在我手中接走。百試百靈，因而用「老懷高興」來形容我抱孫時的心情，再也貼切不過。

與他相距十三、四公里，每週兩次帶些肉粥去探望，爺孫倆在那幾十分鐘相處中，彼此都歡悅無限，往往惹來媳婦出聲不讓再玩，怕他夜來過於興奮而難入眠。小小年紀經已從好奇至到懂得搶電話筒，對著話筒向我們發出伊啊之聲，兒子告知，每次從電話中聽到祖父母的聲音，他都臉露微笑，繼而對著話筒回應。他在新加坡時如此，我年初到舊金山時打電話回去也如此。

四晚前永良和父母從機場回家，小伙子已伏在其母肩上睡去，我大失所望，等了五週，期盼第一時間摟抱他，最重要的是想知道乖孫是否還認得爺爺？

入門時他大概聽到我的聲音，慢慢睜開惺忪睡眼，清醒過來一眼望見我，臉上居然如怒放的一朵茶花，舒展出極親切可愛的笑姿，純真清美，讓我心神搖動，恨不得立即把他摟入懷中，又吻又惜又親又咬。可惜，我感冒才好，只能站在尺外處，向他招手問好。幾十分鐘遠距離逗弄，讓他笑聲不絕於耳，我也其樂融融。

自大孫女如珮出生後，足足等待了十四年，去年才添了永良乖孫，沒想到是如此可愛，整日歡容滿臉，笑得極其開心的男孫兒。稚齡幼兒，鮮少似他如此，沒睡時總是笑吟吟的展著一張親切如糖的臉蛋，抱著他玩，更是樂極忘形，笑聲鬧聲混成一片，每每，總不知時光之飛逝。

要走時，一聽到「拜拜」聲，他本來笑得如蜜的甜臉，居然收斂了原先的笑意，代之而起的是一臉迷茫，看來好不開心。如今已學會舉起小手搖晃，也會飛吻，小伙子也明白了「拜拜」後就暫時見不到爺爺和奶奶了。

回程時，車中播放古典樂曲，我卻充耳不聞，心思總徘徊在先前和乖孫永良玩耍的點點滴滴。對他的那張純真至美的笑臉，宛若芬芳的鮮蜜，一直甜到四肢百骸，我的老臉竟也不知不覺的掛上了一抹輕微的笑意。

那份開心，豈止萬金難買呢？真是感恩老天爺，賜給我黃家這位至寶孫兒，讓一家人每天都沐浴在歡樂美好的時光中。

二〇〇六年七月十五日於墨爾本無相齋

玉麗妹妹

先母因為只生了我們三兄弟，只有兒子而欠缺個貼心的女兒，總感到美中不足。尤其她是在閩南農村成長，滿腦子古舊思想，認為將來往生時若無女兒女婿送殯，算不上真正好命人。越戰期間人心徬徨，媽媽卻無視國家局勢，老想著要有個女兒，這件心事親友皆知，熱心者更積極物色合適人選讓她收養，以了卻她的心願。

住於堤岸華埠平泰區跑馬場附近的遠房外戚陳崇麟表舅，兒女成群，家計困難，與我們素有往來。知我家屬富裕階級，又因有點親戚關係，早知悉先慈「愛女」心切。有次閒談中就開門見山的說要把其中一個女兒送來，媽媽真是大喜過望，急不及待的安排相見。

那天被帶來的小女孩大約六七歲，眉清目秀，爪子臉形，可能營養不良而略顯瘦弱，赧顏垂首一副楚楚動人相。媽媽左觀右看後，一把就將她摟入懷中，愛惜有加。遂訂下良辰吉日燒豬拜神敬祖先，歡歡喜喜的收了個養女。

小女孩依我家的輩份字排，改名為黃玉麗，從此全家上下都稱她「玉麗」，把她原來的越文姓名給拋棄了。

窮家女忽然成了黃家的明珠，佳餚美服不在話下，而且立即送她去華校上學，對她來講也算是幸運。玉麗乖巧伶俐，對我這個大哥和婉冰大嫂極為投緣，也許小心靈感受到婉冰和我對她一份因同情而滋生的痛惜愛護。放假或週末，經常纏著我帶她來到我住家，與大嫂見面及和我子女玩耍。我的子女們也極喜歡她，三天五日就吵著要我載小姑姑回來。

有長假期時，她的父親會來用機動車送她回去與兄弟姐妹們相聚。早先回去時她一臉歡容，後來對新家習慣了，那份喜悅也就漸漸淡去，有時還要其父苦苦勸說才肯跟隨。

幾年後二弟成婚，侄兒們相繼誕生，玉麗變成了小保姆，放學後要幫二嫂帶頑皮的侄兒們，小姑娘也忙到團團轉。隨著侄兒上樓下樓的兩頭跑，侄兒偶有哭鬧號叫或摔跤，她一下子彷彿就成了罪魁禍首似的，總聽到對她喝罵之聲。剎時，玉麗臉色蒼白，坐立不安的不知如何是好。偶而也出聲輕辯侄兒摔倒哭鬧的原因，以作開脫。但總還是要被長輩訴說斥責才能平息，所謂替罪羔羊，大概如此。

玉麗每到我住家，真像如魚得水，一點拘束也沒有了。和大嫂娓娓細說心事，與侄兒女相處玩耍，也歡容滿臉，完全回復了童真的可愛。

最愛聽她親切的稱我「大兄」，高興時她還雙手拉著我搖晃，大兄前大兄後的問個不停，我總會撫摸她的頭髮，或輕拍她的臂膀，肉緊時也偶而用手指擰她的臉頰。兄妹之情洋溢，早已把她當成至親的妹子看待，她也真心真意的對待大兄大嫂。功課有問題時，總是婉冰給她講解，在店鋪時則問我，因而兄妹間的感情自然與日俱增。

好景不常在，一件意外事故發生了。二弟的長子，我那三歲左右極其頑皮的侄兒明正，也不知如何瘋狂的玩鬧，竟從小樓閣樓梯摔下地面，跌到臉青口腫，鼻血溢流。剎時驚動了全家，弟弟不由分說的拿起鞭子，盛怒下死命往妹妹身上抽打，媽媽心痛孫兒受傷，也氣得在旁大罵。

我則趕緊拉開被打到遍體鱗傷的妹妹，她早已哭不成聲。一場跌跤風波變得愁雲慘霧，當天玉麗居然失蹤了。

回家晚飯時，訝異的發現玉麗竟偷偷的自個兒走了幾公里路躲到我家來，一見我就跪在面前，求我收留，一聲聲的「大兄大嫂」，縱使鐵石心腸也會動容心酸。

當晚我思前想後，一時也氣憤大人們竟如此施予無情庭訓？總不是自己親生的女兒和妹妹啊，外加對玉麗的同情，真怕把她送回店舖去，再受到皮肉之痛。但我畢竟不能長期收留她，無法向父母交待。

不能留也不願送她回到媽媽那兒，一時徬徨無計，翌日思之再三，就問玉麗，由她選擇。十二歲的小姑娘想也不想就說要與大兄大嫂一起。好讓我們為難，最後把不能收容她的理由細細向她解釋，才問她是否願意回到親生父母處？玉麗已知不能留在我家，又極其害怕回去二兄處（老二與父母同住），就含淚說要回家。我不加細想的就把她載回平泰區的木屋。

年青時處事不夠圓融，一時衝動，至使媽媽失去了一個女兒，也為此母子間有了芥蒂。玉麗回家後，任由其父說好說歹，她再也不肯回去做黃家的女兒。

幾年後南越淪陷，人人自危，我們為著逃離共區，一心一意都在安排如何偷渡事宜上。

對那位已亭亭玉立的妹妹，因不在一起生活，逃亡前竟無法前往相見，因而無法帶她一起冒險出海。

先母生前在德國定居時，還時時想念起做了她多年的「女兒」玉麗。我和婉冰這此些年來，閒話家常，回憶前塵往事，總想到這個與我們極為投緣的妹妹。我那次的衝動，讓她一家團圓，卻令慈親失去相處六年的養女。也不知自己究竟是對是錯？但畢竟是有虧孝行，令慈親不樂。先母雖往生多年，我內心還存著一份深深的疚意。

當年的玉麗妹妹，如相見也必不能相認了，她已是過了四十的中年婦女。由於不知她的越文姓名，也忘了她在平泰區的地址，茫茫人海，真不知如何找尋她的下落？婉冰老念著要是找到她，一定趕快寄些禮物或匯款接濟她。

我們每次想起玉麗妹妹，總有無限的唏噓和嘆息。緣起緣滅，有些事真非人力所能控制的啊！唯有在萬里外遙祝她生活如意，事事順利。

二〇〇四年九月二十四日於墨爾本

開心果

一種產自加州的乾果Pistachios Nut，每顆外殼半打開，享用時只要將手指輕輕掰弄，便可取出果核品嚐，香脆味美可口。不但食時感覺開心，亦因外殼張口彷似微笑，故不懂其學名的華人用家，就稱之為「開心果」。

我喜歡買開心果作為下酒零食，而生活中真正的「開心果」是兩個可愛的孫女。

俊美秀氣，有對水靈靈眼睛的外孫張伊寧（Kaitlyn Truong），長相

小美人張伊寧

如美麗的媽媽，上月二十剛過五週歲的生日。比她大上十八個月的姐姐伊婷，輪廓不但略似外婆，小小就戴上近視鏡，幾乎也有外婆的基因承傳。這對姐妹花的外表，秀麗各有千秋，長大肯定會有無數拜倒裙下的蜂蝶飛繞。

除了父母，她倆自誕生後見得最多的至親就是公公和婆婆。小小腦袋，就會算出我的甜心包括她倆姐妹和表姐、表哥、表弟共五位，而我卻笑對她們講，她倆是我的開心果。因為其餘內外孫、她倆的表姐已長大，表哥遠在舊金山，表弟太小，都無法讓我在弄孫中享有極之開心的過程。

近年來每週五，伊婷放學後其母要帶她去泳池學游泳，學完已近黃昏，無法安排晚飯。故一家四口必來品嚐外婆的拿手廚藝，也因為女兒歸寧，我託福才能有餐極之豐富的佳餚享用。

餐後就是我教她倆的中文時間，初始很是拒抗，尤其是小的，滿口英語，還沒上學校，就經已被電視節目同化了。更難的是只會講廣東語的女兒，卻要我用國語教授。而全不會普通話的孫女，感到好奇外，並不在乎我的發音是那種話。

從單字開始，再來是念唐詩，讓她倆如唱歌般的吟誦。找些看圖識字的卡片，字面同時印有中英文，可增強她們記憶。由淺入深，反覆多次練習，直到不必看圖而能認出該字為止。

上課是每週五晚飯後一小時，除了文字，也教算術，數目字從零到千位數，都要用國語念出聲來，以加強她們對普通話的聽講力。發問時，她們都用粵語，我也要用粵語講解她們才明白。

兩位孫女不當公公是老師，而和她們大表姐小時一樣，將我當成「豆豆先生」（著名笑劇Mr. Bean）。喜歡我逗趣，老纏著我講笑話或希奇古怪的故事。給纏到要板起臉孔裝凶時，連那惡型扮相也讓她倆笑到不亦樂乎。

上課時，認真沒多久，不是大的要去廁所就是小的要喝水，居然還提出半途要來個點心時間？又不能給在客廳的父母知道，唯有教課時將門關閉。如此一來，孫女更覺趣味無窮。點心無非是片朱古力或甜餅乾，不然就是幾顆葡萄或葡萄乾，公、孫一起享受，如此又花去了幾分鐘了。可也就不過幾分鐘，孫女倆已滿臉堆笑，開心到彷若成人中了六合獎。

讀唐詩，全會的必與之擊掌作為獎勵。在擊出時，頑皮的伊婷必盡全力，讓掌聲響亮，小掌也因而生起紅暈。當要想耍賴，難解難分時，就玩「剪刀、石頭、布」分勝敗。偶然我故意在出「剪刀」時，只用了單指，孫女大笑聲中以其「石頭」搥下，被擊中則眉開眼笑。

伊婷開朗，往往笑聲震瓦礫，驚動她媽媽，從客廳進來察看究竟何事？伊寧較文靜，雖也笑，卻沒姐姐那般放浪，可沒改錯名，寧與靜本來相關。廣東人把愛大笑的女人稱謂「大笑姑婆」，六歲半的伊婷真是不愧有此稱號。聽她的爽朗笑聲，我莞爾時內心實在也快樂無比。這兩個孫女，名符其實是我生命中無價的甜心。

聆聽大笑不止而進來干涉的女兒美文，問我如此教書，她們真能懂嗎？我沒解釋，童稚期是開心的年齡，寓教於樂，太認真會嚇阻了她們學習中文的興趣。

那幾千個常用中文字，只要有心學，漫長歲月裏何愁她倆學不會？又沒指望將來像公公婆婆成為中文作家？不過，去年就開始每天用英文寫日記的伊婷，長大難保不會成為作家？中文或英文，無非是書寫工具而已，何必太執著呢？

每週我都期待星期五晚餐後，與兩個可愛孫女相處的時刻。而她們竟也如我，盼望週末能與公公在一起，開開心心的學中文。有額外零食，有笑話聽，又玩又鬧，念詩識字唱歌大笑，在彼此的笑聲中，度過一個極之愉快開心的時間。

在女兒女婿眼裏，我也許變成了「為老不尊」的長輩？但在兩位孫女心中，公公是「豆豆先生」，好玩極了。而我，這兩個天真無邪可愛美麗的乖孫女，竟是生活裏讓我老懷無比高興的「開心果」。

二〇〇七年十月三日於墨爾本無相齋

等待

那天送行，摟摟抱抱後你瀟灑的進入閘門，也不回望就在我依依難捨的眼色中隱到離境人潮中，然後將所有的離情狠狠地拋回給我。剎那間，天地彷彿棄我於蒼茫空宇中，無人無聲無物無景。

就因為你的身影沒入那道咫尺天涯又不可渝越的圍牆後，思念經已不知不覺的襲來，悵然若失的在回家途上，細數著你的歸期。

心中不無責怪你的父母，全無顧及你我間的感受，也不尊重你的選擇，連問也沒問，就強將你帶去渡假。你是在無奈而又不能自主的情況下，被擺佈似的隨他們外遊，欲訴無從。明知若由你決定，你會寧願留下伴我，每天嚷著要爺爺摟抱，追逐玩耍，咱倆的笑聲將把空氣震盪得音波起伏，四處飄逸。

想歸想，畢竟你已隨著飛機展翼航向新加坡，七小時的平隱飛馳，你再次蒞臨那塊熱鬧之極的城市。你總無法明白，為何新鮮事物那麼多、那麼好玩，獨獨是見不到你喜歡的爺爺在你每次的意外中出現？

有了幾個同齡玩伴，聽說你日子過得美妙無比。那都是從大人口中轉達，真耶假耶？你還不會在電話中向我陳述，也就難以証實。唯有相信，和祝頌你在遠離了我的這段時間裏，過得開心愉快。

真擔心你在樂不思蜀的時光中，漸漸的將爺爺的形象淡忘。為了這份因你遠去的不寧，幾乎天天都想打電話，先要對好時差，再估計你起床了沒？接通了，六千里外傳來你稚嫩的聲音，依然是令我熱血沸騰的那聲「爺爺」，証明你歡樂假期中，仍沒將爺爺從你小小腦袋中刪除，依然聲甜如蜜。

可惜，每次通話，大都是我在嘮叨細問，你回話不多，想起是用手機，怕幅射對你有不良影響，也只好忍著匆匆的三言兩語就掛斷了。放下話筒，整日耳膜迴盪繚繞的竟都是你一聲又一聲的爺爺叫喚。緊接著的電話鈴響，我充耳不聞，反正錯過了，也無關要緊。明知你還沒學會主動撥電話，雖然你經已用那個玩具多次像模像樣的亂按膠電話上的號碼，認真到彷彿已接通了？和面對面的爺爺嘰嘰喳喳著發出輕鬆的說詞。

叫你永良，你的洋化父母卻愛用A．J這兩個英文字母稱你，自然是英文名字Axel Jack的簡稱。聰明無比的小傢伙，早已知道不論是永良或A．J，就是你的中、英文名字。每聽到必笑吟吟回應，或展顏或轉首，總讓大人們心花怒放，忍不住想親你吻你摟你抱你擁你。

每次去探望你後，要離開時，你依依難捨的眼色，如秋風中飄來的飛絮將我的全身沾染，又在擁抱中用小手掌輕拍我肩膀，真情的在安慰著我，令爺爺我心中暖烘烘，感動莫明。

從你轉身隨父母隱入那道隔離著我們的閘門時，我的思念已升起，開始細數你的歸期，唉！五十天那麼天長地久？改成七個星期好像短了點？再轉換成一個半月加幾天，又似沒那麼長？這些自我安慰的盤算，無非是漫長等待的開始。

你那位頗為孝順的三伯，從東京來電，問我要不要去新加坡，好讓我可以陪陪你，十日或八天都好？說不心動是自欺欺人呢，但思量後也就婉拒了。縱然有那幾天陪著你，歡樂後轉眼又將面臨分手的依依難捨，對你也許是剎那惆悵，而我又必承擔千種離愁的折磨，讓難過日日夜夜纏繞不散。

你有了童伴一起玩耍，在全新的環境中歡樂無比的過著美妙的日子。更加開心的是每天起床，都見到你的父親。不像在墨爾本，要等到黃昏，父子始能相見。

小小腦筋是不會有太多的計較，也不會明白為何除了電話可以聽聞爺爺聲音外，再不見爺爺去抱你親你了？要如何解釋，爺孫分開兩個國度，不同時空，無法像以前只要二十幾分鐘車程，就可趕去你家，逗你弄你抱你吻你。

在思念中，日子如蝸牛爬著，一天一夜都格外漫長，每日在掛曆上打個勾，真想一下子將筆把餘下的空白劃完，真正是「一筆勾消」啊，那你就又回到家了，如果我掌控的是「魔筆」，那要多好啊。

等待中度日，細數歸期，望著客廳你那張逗人的相片，你甜蜜的聲音宛若從空氣中遙遙遠遠的傳來。明知是幻覺，明知是不可能，但那份思念卻無法自主。在你已漸漸對爺爺生份時刻中，打下這堆文字時，還要再等二十二天，才能在機場閘門迎接你。

多怕你已經沒早前那份熱情，更糟的是怕你竟認不出爺爺，或拒絕給我摟抱？這些都是我此刻心情，本來早已心無掛礙，卻獨獨為了你而患得患失，永良！能告訴爺爺那是種什麼樣的牽掛嗎？

永良啊！爺爺等著你回來，等著你那張璀璨如陽光的臉容，照耀我、溫熱我，等著你銀鈴般的笑聲瀰漫我的耳際、旋開我的心房。

二〇〇七年十二月十六日於墨爾本

誘惑

隨著年歲徒增，生命中經歷幾十載不同時空，戰亂流離，怒海奔逃，淪落荒島，對人生埋伏著的各種危機和引誘，早已處變不驚。又因捧讀宗教經書、聖哲專著，被書中至理默化。一顆心已能在凡塵擾攘中，不為所惑。故而燈紅酒綠煙花之地、五光十色的賭場，幾乎是難覓我蹤影。

由於機緣而使我味覺敏銳，對茶、酒、咖啡皆學會品嚐，能分辨良莠。這幾類飲品若上癮沉迷，皆可傷身。茶與酒更能令人傾家蕩產，唯獨咖啡是普羅

四歲半的黃永良

大眾都能消費的妙品，是市場無法炒作而胡亂殺價。若定力不足，對茗茶與佳釀一旦迷上，其害實似賭徒。幸我心如止水，早已免疫，因了悟最好最佳無非是舌尖味覺剎那感覺吧了，入口無論多久也終必化為排泄物。隨緣量力消費就好，只要歡喜自在，清水一杯也足了。

以為世間再無人、事、物可惑我誘我了，當然遇到名著，仍會心動，欲先睹為快。能借閱之典籍便不買，因早歲藏書習慣已因戰亂、逃難、遷徙而失去了熱情。何況身寄洋文國度，書齋中文書籍再多，將來兒孫也必棄之如敝屣。

過去十餘年間，也早已享受過弄孫之樂，觀光遊興因非徐霞客，經已到過不少景點，於願足矣！人生如我，真是夫復何求呢？可是再也沒想到，踏入花甲時，竟又心波蕩漾，患得患失之情難淹，那份心態像極了初戀期，被誘惑後真是身不由己呢！

約好相見之期，總是急如鍋上蟻般，恨不得能閃電似的就飛至博士山。從住處出發，限於六十公里時速，每每要花廿餘分鐘才興沖沖的趕到。拾級時瞧見大玻璃窗內那張甜蜜無比的五官，經已又叫又喊手舞足蹈。

爺孫倆分別不過幾日，彷似多年不見啦！說「一日不見如隔三秋」，可真有點道理。你興奮高舉小手，不停喊著爺爺抱抱。本想即時擁你入懷，但因被子與媳多次告戒，要先洗手才能抱孫兒永良？老來從子，為了與愛孫親近，又豈敢不從？其實出門前不但洗了手，且換新襪子。到達後，還要再清洗雙手，那幾分鐘折騰，別說我等不及，連孫兒也同感，他搖擺著小身體亦步亦趨跟到浴室外，好讓爺爺抱抱。

可能小傢伙體重已達十幾公斤，想來媳婦再也少抱永良，也許能抱他的就是爺爺了？難怪一見面，就纏著我抱。在逗留兩三小時中，陪他玩各式各樣的玩具，踢足球、彈吉他、打電話、堆積木，電動火車，扶他踏車，捉迷藏、讓他當馬騎，爺孫總會笑到在地毯上打滾，要驚動媳婦為止。

天氣好時，牽著他到戶外行人道上漫步，和他有一搭沒一搭的說說講講，行幾十步，便伸出小手，要「爺爺抱抱」。抱過一會，累了讓他下來，他走累了又嚷著要抱。如此，爺孫倆的笑聲在寂寂路面迴盪，彷彿天地就是我們的呢。

前陣子冬季流感，受過高等教育的子與媳，禁止我們前去見孫兒，理由是怕永良被傳染。尤其週日更不歡迎，因為週六我教電腦，難免被學生傳播感冒菌。

若知我參加社團集會餐宴，接下來幾日都不讓前往，唯有在電話中聽聽孫兒稚嫩而親切的聲音，以慰思念。

將孫兒如此保護，真怕他成了溫室中的花朵，和子媳爭論，輸的總是我這被視為「過時」的人。因為父母的權限，已大過祖父母。為祖者除了裝聾作啞外，還要服從，不然，就拒不給見，你奈他何？月前出席假中華青年會會址召開的澳亞民族電視臺會議，事先與兒子約好提前半時去看永良，實在牽掛這個可愛之極的小寶貝。豈知到達後，兒子出來將我們帶去的香蕉、蘋果和湯水接收，就返身閉門，不讓爺孫相見，何其殘忍啊！孫兒在後院，根本不知道他的爺爺奶奶目瞪口呆的被拒戶外。

年初兒子，媳婦參加七號電視臺片集拍攝，又不放心將永良寄到電視臺的托兒所，邀我們一起前往雪梨當保姆，因而能與孫兒朝夕相處了半月。那段時光，真是快樂無比啊。天天帶孫兒漫步情人港，去唐人街，在公園內陪他玩耍，池上觀水鴨和海鷗，在酒店內看兒童電視，抱他在露臺觀飛機，在過道追逐，笑聲漫走廊，引來無數親切羨慕眼光。

兩歲另三個月大的永良，除了父母，祖父母就是他至今見得最多的人。難得的是和我極其投緣，每次分手，說再見時，必要親我吻我擁我，再三握手，依依難捨。往往立在大玻璃窗前，目送我們肯影下樓梯，及至汽車轉彎時，回首仍見他呆立窗前不肯離去。令我回程時，心中難安，盈溢惆悵，小小年紀經已要受「離別苦」的折磨了。

兒子到國外公幹，以為可以天天去見孫兒？那知還有媳婦這一關，只許每週兩次，餘時都說有了節目？本來打好的美妙算盤又被推翻了。每週細算相約之期，盼望著那幾小時與孫兒共聚的無窮歡樂，這份誘惑，像濃郁花香引著蜂蝶，也如魚群之渴望河水。

孫兒永良的笑聲稚語、一舉一動，對我來說居然成了天地間最大的誘惑，呎尺之遙，有如千山萬水。能享片刻天倫之樂，真如萬金之可貴。為了他，甘心被誘被惑被動，無非想多一兩次與他共渡孤寂人生中最最歡樂的時光。

他小小心靈苦於無法表達，不然，肯定也會像爺爺般，希望天天見到我這張讓他笑讓他樂讓他高興的熟悉臉龐。至於「爺爺」代表什麼，相信稚孫還不清楚更不在乎呢！可惜兒子媳婦不懂也不明白祖孫間早存在著的那份天倫之情。

二〇〇七年九月八日於墨爾本

黃家孫女初長成

十一月十八日到座落於聖喬打區的國家劇院，觀賞Brighton Dance Academy舞蹈學院二〇一二年歲末大匯演。當天分早午兩場。我們是午後二時到達，劇院大堂早已擠滿了等待進場的觀眾。

兩個小時內總共三十幕的演出，幾乎是一氣呵成，不論是稚齡兒童或老師級數的各類舞蹈，包括芭蕾舞、踢踏舞、現代舞或歌劇，每次謝幕時掌聲都震撼著上下兩層的劇院。

及至第十三幕的踢踏舞，六位花枝招展如仙女下凡的美麗舞蹈員中，終於見到了黃如珮（Rachel Wong）極其熟練的翩翩舞影，鴉雀無聲中只有舞臺上傳出一致整齊的踢腳聲，彷若操兵又似眾馬狂奔的蹄音散播，幾難相信那唯一東方面孔的舞者，竟是我的長孫女？

接下來間隔出場的老師級團隊再演出了四幕，依次是芭蕾舞與Tango外，尚有My Shadow與Stompin。無論是動或靜、冷與熱、快和慢，每場謝幕時都讓觀眾們情難自禁的瘋狂拍掌。老朽高興之餘，還忍不住為黃家初長成的孫女大吹口哨呢！

月中才歡度了廿一歲芳辰的孫女，緊接著到墨爾本大學領取了專業學位的文憑，給我傳來她在墨大校園內穿著寬闊飄揚的黑袍照片，再一次震盪著我。點點滴滴的那些流走的歲月，換回了青春活潑美麗可愛多才多藝的黃家才女。

四年前如珮以極高分數的成績完成高考，輕易的入讀墨爾本大學。在私立女子高中就讀時，被選為全校學生總代表，是該校校史上首位華裔學生榮任該職。

記得她上小學時，每早父母將她載來我家，然後九時前才由我牽著孫女小手，爺孫漫步到家對面的小學校。午後三時半，又去陪她回來，等黃昏前父母再來載她回家。

當年經常和她說笑，看過豆豆先生影集的孫女，竟叫我Mr. Bean爺爺，給她的小朋友介紹時，也說「My Grand Pa Mr. Bean」。忘了誰給她的起乳名「叮噹」？在慶祝廿一歲生辰晚會時，銀幕播出她生活畫面的錄影，時不時還聽到「叮噹」之名傳出呢。

多年前她就考到了鋼琴第八級文憑，早已有資格當鋼琴老師了。可沒想到上大學時，她卻應聘去多所小學教舞蹈。當時，並沒觀看過她的舞蹈表演，想不通那些小學校為何會聘用她？

令我驚奇的是，每週還抽出幾小時駕車去為中學生當數學補習老師。而幾年前還加入了墨爾本中華青年會，我以為是當義工教舞蹈？兩年前十月在墨市火車總站對面聯邦廣場舉辦的「臺灣節」，中華青年會的舞龍演出，騰躍金龍隊伍中唯一的女隊員，居然就是我的這位孫女，趕緊為她拍相片，再傳給歐、美等地親人們。

有次，忘了是那位家人慶生，當唱生日歌後，分享造型精美的蛋糕，以為是在力士門市著名的「碧純餅店」訂購？絕想不到是出自向來被我認為好動的孫女之手？原來她就讀的私立中學每週有節烹飪課，老師是法國聘來的烹飪專家。難怪如珮不但能做糕點，且學得烹煮各式西餐。將來那一位她心屬的「白馬王子」可真是有福氣啊！

做為家中獨生女，父母的掌上明珠，成長時期父母盡心對她的栽培，自然功不可沒。但也要她好學、上進及努力，不然也無法擁有如此的才能啊！

今年初，是她的大學最後一年，由於成績優良，就被某跨國公司敦聘為職員，大學畢業後即成為上班族了，免去覓職的煩惱。

當年帶她去小學校，看她小小年紀就背著個大書包，常笑說將來上大學，要爺爺用卡車才載得動她的書包？爺孫說笑時，也偶然多次問她：「叮噹，將來長大了學會駕車，妳會載爺爺去玩嗎？」，她的小腦袋想也不想的隨口就說會。

年中要去做醫療檢驗，麻醉後不能駕車，因此務必有家人或乘公車前往。想起孫女早有駕照，試問問是否有空？還真幸運，孫女當早閒著，依時前來載我去史賓威市。

歲月不居，與上小學的孫女傾談說笑的種種趣事，彷若昨日呢？如今，如珮不但已婷婷玉立，且學業有成，擁有會計師文憑，是業餘舞蹈員，能教鋼琴、會舞龍，還會燒得一手好菜餚和做各式糕點。

才不管別人對「才女」的規定是那些？老朽高興之餘，想起孫女擁有以上所述的這些本領，她就是我心中認定的黃家才女啊！

二〇一二年十二月廿七日於墨爾本

輯二　緬懷篇

縹緲孤鴻影

我孤獨的立足門庭痴痴凝視
彷彿自己是活著的唯一雪人

一九九六年底在曼谷國際機場先後送走婉冰與朵拉（馬華名作家），留下我獨個兒在茫茫人海裡徘徊躑躅，品嚐無奈的寂寥。及至深夜才轉機飛往德國，班機乘客大多是日耳曼族人士。左鄰右里連一位傾談的對象也無，在十多個鐘頭的機艙內噤若寒蟬。週遭都是同類，可卻彷彿孑然一身。縱然親人眾多，交遊廣闊朋友滿天下，也經常會踫上寡人獨對世界的時刻，一切喜怒哀樂悲歡甜苦，均難與人分享或分憂。

到「法蘭克福」再轉航機，降落北部城市百來梅（Bremen）前，從機艙外望，地下一片雪白。難分民居與街道，冬天的歐洲恍若沉睡未醒。

二弟家中白天渺無人跡，除了不良於行的老父臥病寢室外，再難遇到可交談者。那天觀看戶外雪花，在一片純美潔白的天地中，我被死寂的恐懼感圍繞，在後來書寫的一首「觀雪」詩中，最後二句詩寫下：

我孤獨的立足門庭痴痴凝視
彷彿自己是活著的唯一雪人

老父被病折磨，身不由己的與病菌抗爭經年，每日清醒時多與我閒話家常。對他所受的「病苦」，我除了感同身受外，卻一點也未能分擔，恨不得能由我代替。為了減輕他對死亡的驚懼，對一生從未聆聽佛經的老父，我大膽妄為的捧出弟婦供奉在神壇前的「金剛經」，徵得父親同意，自此每日當他清醒時，為老父誦讀並講解，以我膚淺的般若演繹經義，主要為無奈的老父打發寂寞的時光。真想不到家嚴竟聽得津津有味，對我大為捧場。

先父病歿前數年時光中，每日清晨必步行幾公里路，往返小城墓園，到先母墳塋燃點香煙，清理落葉枯枝，也藉此機會把兒孫種種變遷說與老伴知悉，那份對亡妻的難分難捨之情維持到發病後，再不能獨自行路為止。說是執著，其實是太過孤獨，不通德語，難與德國人士溝通，大白天家中兒孫都外出工作上學，有口難言，寂寞歲月更與何人說？二弟告知此事，我心底除了深感愧疚不孝外，人在萬里外生活是無法可想，縱然二弟近在咫尺也很無奈。人的一生原來許多時候都要自己去面對孤獨，至親如父子也無從分擔其苦。

窗外雪花飄飛如絮，世界是白茫茫一大片，再無其他的色彩，小城寂靜無聲，冬眠的天地，唯我獨自存在，那份死寂安寧實在讓人懼怕。我彷似冰天雪地掠過的一隻孤鴻，剎時蹤影縹緲。恍惚間，我已被幻化為一個呆呆挺立的雪人般，成為明信片中的一個點綴。

活在當下的人們，為了物慾的追逐，很少停頓在空閒的剎那去思維，匆匆忙忙的奔波勞頓，人來人往，熱鬧非凡，歡樂處處。但每每在夜闌人靜或病痛纏身時，才驟然會觸及生命的去處？在被孤獨啃蝕時刻，人生的無奈感是會如火焚燒般從丹田升起。

一九九七年五月父親往生之後，奔喪其間我在德國守靈，每日在亡父靈前誦讀金剛經，這是父親生前唯一接觸過的佛經，不知道經文是否可度亡魂早日超脫？我同樣不知的是先父在世聆經時有否感悟，或領略了多少？正如他在病榻受苦受難，被病魔折騰的過程有多痛楚？身為人子的我也無從知曉。為先父亡魂超度是我的一點心意，但無寧說是在為自己被孤寂重重包圍中，藉誦經之聲驅趕那份恐怖的死寂氣氛。誦經時心中平靜如一湖止水，尤其唸到經末那四句偈：

一切有為法，如夢幻泡影；
如露亦如電，應作如是觀。

對生死已了無掛礙，靈臺亡父遺照彷彿對我嘉許，剎那間父子相對微笑，陰陽之隔恍已移除。

每日微曦時分，我沿著先父當年所行之路，到美麗安寧的墓園去，花卉草木處處飄香，鳥聲吱喳歡唱迎我。在雙親墳前除雜草檢廢葉後，竟也與父母聊天說家事，才猛憶起老父當日行徑，我那份視父母仍在的感受一如爸爸對媽媽的那種親切相依之感，父子何其近似啊！

今年七月間旅遊香港，內子婉冰水土不服患重感冒，我經常一人去買外賣回家。行在熱鬧非凡的尖沙咀區的廣東大道上，摩肩接踵的人潮裏，我卻被濃濃的孤獨感襲擊，全部人群與我擦身而過或迎面而來者，人人繃緊著五官，無人識我我亦不識任何人，返澳後有感作了一首詩，題為「陌生人」，詩末二句如下：

我才是一位無名無姓
不屬於這片土地的異鄉人

歡樂的地方，許多人的所在，如你只是一個過客，一位無人認識的異鄉人。再多的笑聲再多的群眾，也都不屬於你，擁抱你的只是寂寥只是無窮無盡的孤獨。那麼吵雜的地方，我往往逃難似的匆匆趕返寓所，同樣孤獨但我卻選擇了與書為伍，至少可傾聽先哲聖賢們的珠璣慧語，這種孤獨也就能樂在其中了。

其實，生老病死等等人生八苦的折磨，是沒有一種苦能夠與任何人分擔，這過程是人一生中要自己單獨面對。我體會最深的是病苦，當年先母被癌魔摧殘，分離短短年餘，病菌竟將其壯碩體魄蠶食鯨吞至狀似骷髏而無復人形，個中之苦楚真不足為外人道。先父則受老苦病苦同時煎熬，老伴早走十二年，孤家寡人晚歲寂寞難堪，更被糖尿病影響至不能步行，輾轉床榻多時。我兄弟千方百計設法亦無良謀可使老父免卻病痛荼毒，心中哀傷竟難分憂，縱使兒孫滿堂也得孤獨承擔。再者，自己右手肌肉傷痛之症糾纏十數載，也都是獨個與痛楚抗爭，無人可幫忙。此種種苦惱，唯有意志力可離苦得樂，亦有人藉宗教之信仰作寄託，尋求心靈安慰。

孤獨的人生，人人都是獨一無二的在旅途上掠過的孤鴻，雪泥爪印，終必無跡無痕。能來是因緣，此生勿要虛度，因為孤鴻留下的就是一片純美啊！

二〇〇二年十月九日仲春於墨爾本

二〇〇三年五月十七日刊於臺灣人間福報「覺世副刊」

高風亮節存正氣——緬懷葉仲芬先岳父

今天大早見內子在廚房忙進忙出，張羅著各式糕點及水果香燭。訝而詢問，始知是準備祭祀先岳父葉公仲芬之忌辰。

轉瞬間先岳竟已往生了十二年了，每到客廳見到那張一臉嚴肅的油畫像，有若音容宛在般。我敬重的岳丈生前言行，以及岳婿相處的點滴歷歷在目。

拙荊有四位弟妹，她居長，越戰期三弟先負笈臺灣，本來已考取到政大入學試的內子，隨後也將前往臺灣進修大學課程。足見先岳沒半分「重男輕女」的封建陳腐思想。之沒成行，是因我離越計劃受動蕩時局影響而告吹，熱戀中我們難捨難分。

我倆結婚時，先岳哽咽受我敬茶，他對兒女教育極重視，說本想讓子女完成大專學業，才算完成父責再許婚。在絲綢及織造行業成就非凡的先岳，視兒女如至寶，由於家境好，長女出閣時還特派了陪嫁丫鬟。

兒女們都極尊敬這位嚴父，對後輩不苟言笑，那份嚴肅相保持了傳統父權的尊嚴。可婚後陪婉冰歸寧，先岳往往親主廚政，免不了魚翅鮑魚螃蟹等佳餚，滿臉笑容的歡迎我們。有時也邀我到書房傾談時事和關心我經營的咖啡業務，岳婿在不知不覺中建立起了一份父子情誼，像忘年交般的無所不談。令婉冰五姐弟難明，想不通為何我會不怕他們的嚴父？

先岳精通越文，交遊廣闊人緣極佳，與南越政要及轄區警察局局長皆有交情。越戰時，為了不願充當美軍炮灰，華裔青年大都逃避軍役或花錢做影子兵。婚後我暫住岳家，晚上查戶口，軍警皆過門而不入，說不要吵醒「四哥」。（先岳排行第四。）可見與軍政界的交誼深厚。

持勢凌人是等而下之者，先岳從不誇耀，他為人低調，對街坊鄰里有事相求，必盡其所能協助，也因此被選為里長協助政權義務管轄地方。亦因樂於助人，越南易幟後才能逃過被越共清算的災劫。終生不改其豪爽的性格，逃難時在貨輪上，我將捨不得抽的僅有幾包香煙孝敬岳父，接過手後便見他分派給同船難友。也不想當時情況是千金難買啊。

一生崇尚民主自由，對獨裁專制的政體恨之入骨，被越共統治數年，更嚮往海外自由生活。逃出生天後定居美國，未久受邀參加舊金山灣區「越南華僑相助會」，連任多屆財政理事，掌管財務，因其公正嚴明而被同仁們稱為「葉青天」。

該會會長及眾理事先後被邀往大陸訪問觀光，唯獨先岳不為所動。對那些「晚節不保」的變節者，言談中往往表露極大的鄙視。他的言教身教，受影響最深的莫過內子婉冰。先岳不受利誘不受名惑，效忠於民主自由的中華民國，如此高風亮節實屬難能可貴。

蒞澳探望兒孫，必要我帶去市場，親自選購新鮮魚蝦蟹，下廚烹飪，讓外孫們享受他的廚藝。他從美食家而專心學會了廚藝，最有福的莫過家岳母。而婉冰與妹妹能成為巧婦，煮出美味佳餚，她們的烹飪技藝就是先岳所授。

外表嚴肅的老人，只要來了澳洲，和幾位孫兒女玩耍，竟變成「老頑童」般，又笑又吵的鬧在一起。慈祥溢滿臉上，每次離澳皆難捨難分，又抱又吻又摟又擁，依依之情令人心酸。

事親至孝的內子，十二年前在老父沉疴入院時，即趕赴美國侍奉。從住醫院至往生不到十天，如此不受病痛折騰，在兒孫們頌念佛號聲中安祥辭世，實在是修到的大福份呢。

多次往加州探親，我與內子必往華人墓園，到先岳墳前鞠躬致祭。在那片如茵綠草搖晃中的墓塋前懷念先岳生前的事蹟，朗朗天地，微拂清風彷彿正氣迴盪，感染著四周。

歲月奔馳，先岳留給子孫們那份處世之道及為人的節氣，風範長存。那份對後輩無盡的厚愛，也將永遠被懷念及感恩。

敬愛的爸爸！容我焚心香三炷及這篇讓您見笑的文字，遙祭您在天之靈。呼嗚！魂兮歸來，尚饗！

二〇一〇年元月十九日先岳父辭世十二週年祭

應無遺憾到瑤池——敬悼岳母鄧鏸嫦老師

五月十七日與婉冰從新加坡轉往舊金山，出到機場閘口，驟見長女與女婿身伴，居然是持著枴杖的老岳母，慈祥展顏與我們擁抱。說日前先到孫女美詩家過夜，以便能接機。

三週短暫逗留中，媽咪（婚後即改口，隨拙內以媽咪相稱）或留宿或往返幾小時車程，從聖荷西市老人院來美詩家與我們共聚。每次到來必然帶著大包小包的零食、水果。知澳洲香蕉太貴，水果堆中總有幾斤香甜美味的香蕉。笑說專為我買，那份愛心自然流露，每每令我感動莫明。

內弟伯誠言及兩年後要為媽咪舉辦慶祝九十大壽盛宴，我許諾到時必闔府三代兒孫齊聚舊金山為壽星敬酒。六月十日媽咪又來與我們午餐，因翌日我們要返澳洲了。當午離開，目送她身影進入汽車，揮手拜拜。想著兩年後來賀壽，也就沒離別愁緒。作夢也想不到此次生離竟成永訣，天何弄人啊？

七月中旬忽接女兒電郵，言及外婆被驗出胰臟癌且是末期，醫生判斷尚能存活半年？婉冰聞訊大悲。剛應聘到珠海大學任教的襟弟郭耀庇，即時郵電飛馳，擬定半年內各地兒孫輩分批前往陪伴。並率先從香港飛到加州，成為首位侍奉的女婿。

絕沒料到的是媽咪一生命好運佳，深受老天爺厚愛，不忍其受癌魔折磨痛苦，發現癌魔作怪後的短短月餘時間，在八月十六日下午，等到剛從墨爾本提前趕至的外孫黃明仁見最一面，並在滿堂兒孫曾孫圍繞下，於三時廿分安祥辭世。

噩耗傳來，真個是晴天霹靂，我哽咽難忍哀痛。幾天來腦際莫不繚繞與媽咪整整一甲子的岳婿情、師生緣。對我這個半子，因為愛屋及烏，她眼中早已視我如親子。算起來，我與老岳母的情緣更比與先母長了二十年之久，關係中還存在了讀者與作家的文字緣，她可算是我最忠實的讀者了。

在堤岸羅笑區花縣小學就讀，三年級上公民課，來了一位讓同學們眼前一亮，風姿綽約穿著旗袍、婀娜多姿的年輕老師。她寫在黑板上的姓名我們只懂得那個姓，反正都叫一聲鄧老師就沒錯了。

沒多久，更讓我意外的是，鄧老師舉家竟然遷到我家左方，成為鄰居了，我兩位弟弟很快便與她幾個子女成為童伴。幾年後才發現鄧老師還有位文靜美麗的大女兒，外表高傲脫俗清秀。且是穗城中學的高才生，而我已就讀福建中學。透過弟弟與她弟妹的關係，我們也成了朋友。

前世姻緣早定，今生追逐雖然波折重重，最終能與婉冰結成夫婦。鄧老師頓成了我岳母，並要改口稱呼「媽咪」。從初始難於啟口到後來的自然，與媽咪之間的岳婿情日益深厚，自先母廿六年前見棄，心中早已將這位惜我如子的媽咪視為親母了。

媽咪是含著金鎖匙出生的千金小姐，是父母掌上明珠，家中服侍的丫鬟眾多。婚後育有三女兩子，這位富家女不會做家務，為了打發漫長時間才去教書，後來轉去穗城中學執教鞭，直到南越淪亡止。

先岳父生前不但是成功商家，同時兼任新馬路一家大酒樓經理。因是美食家，常向大廚師問經，竟成了烹飪好手。移居美國後，從此負起廚房煮三餐任務，讓同往美國的長女美詩與媽咪天天如上餐館。

媽咪最喜歡逛街，常說：「日日路上行，猶是心不足。」先岳十餘年前往生後，媽咪遷往聖荷西市一家設備完善的高檔養老院。十餘年中獨得其樂，每次長女歸寧來墨爾本，媽咪都嚷著同行。孫兒們都深愛這位好婆婆，他們沒忘記越戰戒嚴期，外婆老遠騎著腳踏車，將大包小包的零食、甜品搖搖幌幌的帶到我家。那份發自內心的親情，令孫輩們刻骨銘心。

老來而有用不完的錢花費，都是後輩們見面時送給她的紅包。這些年福利部更奉派鐘點女佣每週二十小時，為她打理家居或載她去用餐。一生無憂無慮，甚至連癌魔也對她禮讓三分，如此厚福，不知媽咪前生做了何等驚天動地的善行好事，始有這等大福報。

訃聞傳出，各地友好紛紛打電分憂，或傳來唁信、悼詩、悼聯，此間各社團及至交更刊發整版輓詞，雲天高誼，存歿均感。

這篇悼念文字的題目，借用洛杉磯著名詩人楊永超先生的輓聯如下：

階環四代　淑德高風　自有令名傳海表壽越九旬　兒孫賢孝　應無遺憾到瑤池

輓聯內容正是先岳慈最佳寫照，行家出手果然不同凡響。紐約詞長陳葆珍女史在「尋聲社詩網」貼上輓聯：

仙駕歸天涯兒孫泣送
輓歌起海角墨客同悲

樸魯詞長亦於日前在「尋聲詩社網」撰下輓聯：

四代同堂福壽享，九旬添一正飄香；
訃音乍至驚何似，懿範縹緲觸感傷。

德國老同學邱秀玉女史傳來輓詩如下：

北辰黯淡隕星墜
孝子賢孫傷慟悲
淑德慈容音宛在
遺留懿範赴仙臺

尋聲詩社社長，著名詩人冬夢兄更撰現代詩「您離去時是否關窗」為題，配以天使彩圖，貼上該社網站悼輓。

洪門民治黨雷謙光盟長傳來親筆唁函，情真意切令存歿感恩。此外「世華作家交流協會」分布全球各國作家，其中近五十位紛紛傳達慰函、悼詞。無法一一回函泣謝，還望包函不敬之罪。

先岳母將於八月廿五日舉殯，安葬於舊金山華人墳地，與先岳父共穴，全球各地兒孫及曾孫都將奔喪。媽咪可說含笑九泉，此生無憾，開心到瑤池，媽咪啊，請您走好。

二〇一一年八月廿日赴美奔喪前泣撰於墨爾本

婆婆

先父少小離鄉，移居南方魚米之鎮蓄臻省。後來再返鄉陪同新婚不久就別離的先母，遠渡重洋。我兄弟均在蓄臻出生，祖父母和外公婆是無緣見面了，甚至連相片也欠缺。

認識外婆，所以用認識這兩字是說明沒血緣關係。初次前往拜見，是經不起女友嘮叨慫恿，也是老人家愛孫心切，多次要孫女把男友帶去，好讓她觀察品評。那天，備好半公斤咖啡粉，忐忑不安前往阮智芳街中段，由女友陪同入屋。

外婆穿着綢質硬領襟衣，黑綢緞褲，笑吟吟和我傾談。瘦削臉型配著一雙精明的眼瞳，抽煙的手指套上透綠的翡翠玉環。對我的出身和背景隻字不提，閒談中原先的緊張心情不覺消除，且感到投緣和親切。告別時老人家給我一個紅包，女友早已告知廣東風俗，長輩送「利是」不可拒絕，否則我真會婉轉退回。

據說這次會面後，外婆對我印象良好，傳統節慶或壽宴，都會邀同參加。經過外婆的默許，我們的戀情正式公開。女友從小在外婆府上長大，眾多內外孫中，外婆最疼惜我的女友。愛屋及烏，我終能成為她喜愛的孫婿。婚後跟着妻子改口稱外婆為婆婆，少了外字，更感親切。

婆婆家境顯達，傭人眾多，家規極嚴，親屬晚輩在她面前往往不敢隨意發言。本人出身寒微，對這大戶規矩一無所知。對婆婆燃煙奉茶，拉張小椅子和她相對閒話家常。老人家最愛談起香港粵劇大老倌蒞越情景，許多有名的文武生名旦等，都曾登門拜訪。我是粵劇門外漢，除了作為聽眾外，只能傻笑。內子稚齡時經常陪婆婆欣賞粵劇，浸淫多載，許多經典名曲早已熟記於心，故開腔演唱屬無師自通者，是因童年的耳濡目染，也可說是婆婆遺留的慈愛。

婚後兩年，我們遠赴山城大叻從義市附近的新村「聖文山小學」執教，內子於學期中瓜熟蒂落，產下二兒明山，婆婆親赴窮困的山城照顧，彌月時把嬰兒帶回堤岸，交給我雙親請奶媽撫育。婆婆也是為了想念外孫，故此行一舉兩得。

尚憶一九六八年，越共發動總攻擊，這就是越戰時舉世皆知的「戊申戰役」。那時兵荒馬亂戰火焚茶，我們從中部寧和鎮平安返回西貢，家人重聚無限歡喜。已快三歲的兒子卻不認識父母，幾經辛苦才可重拾天倫，傭人隨拙內回家撫養。

分別數年，婆婆更形清減。老人家依然大戰四方城和吞雲吐霧，我每次送貨或收賬，定順道送些咖啡粉給她。（我家是經營生熟咖啡和茶葉，自用的是最上等的調配。）婆婆往昔風光不再，且常受病痛折磨，朝夕骨痛難捱，輾轉不能成眠，竟患上骨癌絕症。後來每星期要往西貢癌症中心電療，我必親自駕車接送陪伴，惜治標難治本。從婆婆身上我才初次知道受癌魔折磨之苦，內心充滿憐憫和悲傷。

內人自幼由外公家教育成長，能略盡孝道是我樂意服侍的，況且婆婆一向對我疼愛，我早已視之為最親長輩了。她末期住院時，婆婆被癌菌侵食至皮包骨了。每次探訪，心底總是悽悽欲哭，酸楚難當。

那天剛從西寧市收賬返店，因天色仍早，便先往醫院探望老人家，映入眼瞳的只有空空的病床，原來外婆已撒手塵寰。我不禁淚泉缺堤，哭聲難抑了。舉殯日婉冰哀哭不止，以震天悲聲陪婆婆安葬於廣肇義祠墓園。

南越淪陷，後輩紛紛逃亡，移居西方國土。清明重陽再沒子孫掃拜的孤墳，骸骨都讓越共發掘，胡亂擱置或焚化，改建為住宅區。相信婆婆也像其他亡魂般，已是灰飛煙滅了。將來有朝一日，重返故里也是無墓可掃了。悠悠歲月已飛馳了數十載，每每思念婆婆，老人家慈祥音容，是如斯清晰，一切一切仍仿若昨日，婆婆依然活在我們的心裡，永遠也不會煙滅。

二〇〇〇年元月作於無相齋

赴約

七十多年前，雙親是透過媒妁之言、父母之命而結合，直到洞房花燭夜新娘的頭巾被掀起，才和新郎見面。因此，家父一生從沒有與異性約會的經驗。廿七年前母親病歿後，每日清晨風雪不改，父親必步往市區附近寧靜幽美的墓園，去探望先慈的墳地，在青草堆上點燃一根香煙。直至後來不良於行止，在那四千多個日子，老父孤獨晚景因有份執著的寄託，那份懷念心情是我無從理解的。

早期收到二弟來函描述，頗難相信，又很感動。後來當我抵達德國攜花掃墓，果然看到石碑前泥土插滿煙蒂。試問嚴父，他淡淡的說，母親彌留之際對他的遺言是，別破費花錢購那些冥紙，德國陰間也不能通行，要探她就像生時燃根香煙可省事。因此，父親後來每朝散步，走走行行必然就到了墓園，抽口煙，和老伴「閒話家常」一番。

這種堅持十多年如一日，冬季雪厚路滑，加之糖尿病末期雙腿乏力，摔跤多次，二弟才勸止。雙腿乏力無計可施，老父從此唯有獨處斗室。歲月流轉，時光彷若靜止，再無任何喜樂悲歡可在他心底揚起漣漪。

多年前我出席曼谷的第二屆微型小說研討會後，在機場與太太婉冰分道，她去新加坡，我獨往歐洲。到二弟處住了七星期，倍伴老父，定省晨昏略盡子責。

時值初冬，無飄雪花的早晨，我散步欣賞小城冬景，沿著老父往昔的途徑，不覺穿越鬧市抵墳場，酷寒氣溫中人鬼多沉睡，墓園寂靜。找到方塊字碑石，為墓地清理枯葉殘枝野草，煙蒂。回去後，老父知我空手探亡母，翌日持別要我携香前往叩拜，他已戒煙，不然也許就要代他燃煙墳前。

那天，父子倆閒談，他忽然要檢查衣物，指揮我將櫃中皮箱收藏的西裝、領帶、綢帽、皮鞋一件件拿出來讓他過目。如數家珍般指出何日何價購買，自是還能行走時逛街買回，從未用過。原先準備返回閩南故鄉終老，病弱難實現，這些東西就改變成「壽衣」，說是要去見老伴「赴約」時穿著，並已對二媳婦交待好。想起給我過目，他淡淡的說，心裏平靜，彷彿在講著出席宴會時準備的服裝。畢生沒有赴約，而竟如此隆重細心期待最初亦是最後的約會，推斷不出老父內心深處究是何種感受？

離開德國不到半年，噩訊傳來，匆促奔喪，趕到歐洲北德杜鵑花城，當午即往殯儀館，父親安詳靜躺棺槨內，果然穿著自己生前展示過的新裝，綢帽放在身旁。我伸手相握，觸掌冰冷，難忍盈眶熱淚。老父含笑九泉，歡喜去見先走十二年的老伴，共穴共眠，完了赴約之夢。

父親「赴約」轉瞬十五年了，每次到客廳瞧見先嚴遺照，想起都令我好傷感呢！

二〇一二年初秋於無相齋

懷念鄧其鋅四舅

上月底赴汶萊國開會，在新加坡機場轉機時，等待期間檢查電子郵件，讀到內弟伯誠從加州傳出的噩訊，告知四舅經已在越南往生極樂。

為了這則壞消息，婉冰花容失血，一直悶悶不樂，影響了外遊會友的愉快心情。因她與伯誠兩姐弟都是從小在外婆家長大，對四舅有較深厚的感情。

鄧其鋅四舅是家岳母唯一的親弟弟，由於是長輩，我一直跟著婉冰姐弟們以「四舅」尊稱他，幾乎忘其真姓名。

印象中的四舅為人隨和，從不擺長輩身分，倒似是我們的忘年交。他半生為人師表，都在堤岸穗城學校執教。南越易幟後才轉業，經常在森舉平東親戚經營的一家大織布廠出入。我也是由於南越淪陷後無所是事，被內弟相邀參加在該織布廠內定期舉行的「大食會」，始有機會和四舅多接觸。

身裁修長、體態略瘦的四舅，由於家勢顯赫，幼受庭訓、知書識禮外，極重視清潔，衣褲穿著光鮮整齊，講話輕聲得體，彬彬有禮，絕無紈絝子弟之惡習。

年青時幾次相親，皆不合眼緣而告吹，以至獨身終老。

他的酒量並不高明，但在大食會時，我們幾杯下肚後，也許是酒精的作怪，都忘了長輩後輩之別，大呼小叫的猜拳和胡說八道。為了罰酒而爭執是常事，彼此也都不管對方是舅父或五叔，彷彿都是平輩，對等的一起開心。要到散會後，酒意略退時才又記起，原來先前與之爭議吵鬧的人，是四舅或是五叔。（姓張，是婉冰表弟偉堂的親叔父，有一流的廚藝，也是獨身者，定居加拿大。）看他們這些長輩，也都沒將我們後輩的不敬放在心上。

歲月悠悠，去國不經不覺竟已廿八年，那時四舅才是四十多歲人，獨身之人，並無家室之累，也不清楚為何會滯留在越，至讓家岳母多年來一直對他牽掛不已。尤其六七年來，知他晚境悽涼，無依無靠，又因病而雙目失明，最後由婉冰託其堂弟們保送到堤岸郊區平仙市一所寺院開設的老人院度餘生。每每談起，我們莫不唏噓難過。

每年節日，內子必匯款到越南給堂弟，拜託他們代照顧四舅，有關四舅的情況也全從她堂弟們處獲知。六年前，幼子明仁前往出生地堤岸華埠觀光，專程由堂舅父們帶去平仙市探訪四舅公。四歲隨父母乘船逃難的明仁，對故鄉的人和事早已淡忘，那些長輩也都是從母親婉冰口中得知。

兒子返澳後，報告旅越見聞，將四舅公躺臥老人院的悲慘情況轉述。當時，雙眼已瞎的老舅公激動不已，握緊明仁之手問為何不在他未瞎前回越？好讓他見見當年曾抱過的小伴子如今的長相，聞之心酸。

家岳母數年前也由其子陪伴，從美國飛回南越，專為深望一直讓她放心不下的弟弟。無法知悉這對老姐弟分離二十載後重逢的悲喜現場？相信家岳母返加州後，那份牽念之情也許比未見過前會略好。

令我記憶深刻的一件趣事，是越戰末期，內弟伯誠從臺灣回越探親，某天同輩戚友們用兩部小巴士組成了歡迎團隊，為他洗塵接風。身為姐夫的我也被邀相隨，到達豪華戲院附近的小三元茶樓集合時，始知四舅和五叔也到了。

沒想到從上午九時開始喝早茶後，一直瘋狂到深夜才歡散，所去地方幾乎都是風月場地。當時為迎合美軍，堤岸近郊處處都是色情架步。酒吧中滿是鶯鶯燕燕，名為「摟抱啤酒」（Bee Om）的酒吧，客人點一杯啤酒後，座位旁立有佳人相陪。四舅和我都想不到會來這種紙醉金迷的地方，我們兩位大概是那班戚友中從無此經驗的人，表現靦腆，扭妮不安，對前來相陪的美女，連連搖手，惹得他們大笑不已。

四舅和我，在不知如何是好的尷尬情況下，又無車可折返，唯有每次向靠近的吧女大搖其手。兩人不覺成了同一陣線，喝啤酒聊天，笑看他們胡鬧。這次經歷後，總算對越戰時散佈後方的色情酒吧、摟抱啤酒等場所有點認識。回程時已近戒嚴，全車都醉醺醺的東倒西歪，記得四舅生氣的對那班後輩們說，以後勿要再去這種地方。早知如此，他是不會相陪云云。

那次之後，我對獨身的四舅有了較深的認識。無家室之人而能如此潔身自愛，實在難能可貴。

一別二十八年，相逢再無期，如今竟成永訣。對四舅的印象，都只停留在一九七八年前中年風采。無法相像歲月飛逝後，當年那位文質彬彬的書生，是如何的受病痛折騰而幾至不成人形。

前天接獲越南寄來一輯四舅身後事的相片，才見到穿壽衣躺臥棺槨內的四舅，和我印象中的他彷若兩人。由於有婉冰堂弟堂妹們的盡心協助，喪禮也辦得風光，竟也聘有「孝子」擔花買水。「玉泉洞寶福堂」的頌經致祭隊伍一色黑袍，看了令我們感到安慰。婉冰即時打電話到越南，衷心感激為她四舅身後事盡心力的堂弟妹們。

萬水之隔，無法為四舅奔喪，心中難過不已。但也為四舅從此不再受病痛折磨，得大解脫而為他喜。

千山外僅獻上心香一炷，遙祝四舅早登極樂。安息吧，四舅！

二〇〇六年十一月廿一日於墨爾本

只要你閉住眼睛——敬悼詩人許世旭博士

一九九〇年六月，假曼谷召開的「第四屆亞洲華文作家協會」大會，澳洲華文作家一行四人受邀參加國際華文作家盛會，這是澳華歷史上首次。成員包括臺灣夏祖麗、柬埔寨黃惠元、越南黃玉液及香港江靜枝。由於澳洲華文作家代表團是遠來的客人，又是破天荒首次率團蒞會，受到主辦單位特別照顧及予會各國作家注目。

出席作家大會，若無著作與文友們交換，就會很尷尬。幸好拙書「沉城驚夢」經於年前出版，隨身帶了十本，分贈各國作家代表團團長。

韓國卻只來了一位詩人許世旭博士，團長團員皆是他。將拙書呈上這位彷若山東大漢的詩人，當時還不知道面前偉岸詩人並非同胞也。

沒想到翌日晚宴後，許博士特邀約我到他房間傾談。原來昨夜經已略讀了我的贈書，對我身分大感興趣。問我如何能移居澳洲，我詳述舉家九死一生在海上賭命的逃難過程，令他動容。

津津有味的聽完後，許博士用極地道的華語鼓勵我這位後學，無論如何要將我當晚向他談及的逃亡事件記下，撰寫另一部作品，為這段印支華人血流史留下見証。還語重心長的說不要管是否有銷路，文學創作自來是很艱困之事，有話要說，認真對待，就能成佳篇。

捧著他賜贈的詩集「雪花賦」回去，讀到簡歷才知許博士是韓國人，年青時服完軍役，讀完大學中文系後，負笈臺灣，在臺灣師大考取文學博士。回國後，歷任韓國外大中文系主任、圖書館館長、研究所所長以及文學院院長，是韓國知名詩人和漢學專家。

從泰國返澳後不久，竟又收到許博士的專函，語重心長的要我勿忘了泰京一夕長談。一位大學者大詩人，對初結文緣的後學，竟如此關心器重，令我大為感動。若再不動筆，就太對不起這位長輩學者了。

終於下定決心工餘伏案，以一年時間完成了第二部長篇小說「怒海驚魂」。等到一九九四年在美國新大陸詩社出版後，即將拙書寄往韓國，在拙書序文內鄭重向許博士道謝，那份彷似「欠債」的心情才算放下了。

許博士於一九三四年在韓國任實誕生，一九六〇年獲得中華民國教育部外籍學生獎學金，赴華留學八年。一九六一年開始改用中文寫詩，身兼學者、詩人和漢學家的多重身分，因而著作極豐，包括韓文、中文的詩集、隨筆集、學術著作及譯著等等。

許博士交遊廣闊，和臺灣著名詩人們、作家及海外華文作家群多有往還。因其人豪爽大方，熱愛朋友，宛如古代俠士英雄般，豪氣干雲。詩人許世旭酒量極佳，與名詩人鄭愁予、紀弦及楚戈被稱為臺灣詩壇四大飲者。

一直無緣前往韓國觀光，心中老想著將來有機會去首爾，必定拜訪這位亦師亦友的詩壇長輩。對他當年諄諄鼓勵之情，總難忘懷。

不意晴天霹靂，報上忽讀到噩夢，向來身體健碩的許博士，竟然於七月一日病逝於韓國高麗大學醫院。風趣幽默的大詩人，居然真的「閉起眼睛」了？心中傷痛莫明，滿腦子都是當年與許博士共處的影像，他鼓勵我的聲音彷彿仍繚繞在空中。

隨手翻開詩集「雪花賦」，居然是第三輯「風並不知道」中的第一首詩作「只要你閉住眼睛」。最後一段是：

只要你閉住眼睛
縱被百步九折的城砦圍住
坐的是自我一個
卻不管牆外的喧嘩。

是的，只要你閉住眼睛，您的詩是您生命終結的句號，何等令人肅然起敬啊，您再不必管人世間的一切喧嘩了。詩人啊，在遙遠的南太極，容後學我燃三炷心香，為您安眠而弔唁一番。

清酒一杯酹江月，為您送行，走好吧！呼嗚！許博士，「只要你閉住眼睛」，就請您好好安息吧。

二〇一〇年七月十九日於墨爾本

君魂何處覓——哀悼作家鄧崇標（村夫）兄

今天恰是村夫兄亡故的三七祭祀日，這段時間裏我恍恍惚惚，總無法相信餘生相逢無期？那天從網上得知噩訊，我悲切的在冷冬中飲泣，哭著打下悼詩，思念的翅膀飛翔，越過千山躍過萬水，那次邂逅，距今居然整整四十年。

南越最大的海韻文社在兵燹歲月中傲然成立，包括村夫在內的一個個神交的大名，卻多遠在芽莊城或潼毛市。經常在文藝副刊拜讀冠上「海韻」社名的作品，讓我好生羨慕，心想唯有努力，將來才會被接納加入這個文學團體。

果然終被吸收為社員，從此拙文也能冠以「海韻」發表，那份成就感覺美極了。對村夫兄的散文和小說，讀後仰慕之心油然而生，接來函又被那手精美筆跡深深吸引。

戰火紛亂中，從山城前往芽莊去投靠他，當我茫然的呆坐其長兄鄧崇森先生的店內等待。門開處，一身戎裝個子高瘦黝黑的漢子，也不說客氣話，拎起我的行理就讓我乘座在機車後，風馳般駛往軍營宿社。我們雖初見，卻彷彿前世就已是兄弟般的熟悉，不必多言，彼此完全的信任，由他安排。得到昱明兄的協助，我也成為美軍合作社的會計員。那半年朝夕相處，有幸與他和季夫、潮聲、夜心、陳耀祖、陳國樑、何遠源諸兄結緣，閒來談天說地樂也融融。與村夫兄同事又共宿海灘營地，知心交心，得此良友，實慰生平。

為了與妻子團聚，輾轉去了三十餘公里外的寧和鎮執教鞭。分手後，假日他會來寧和的「平和學校」探望我們。前往芽莊，我也抽空去與村夫兄見面。翌歲，我回到了堤岸，相見的機會就少了。而魚雁往返從不間斷，直到他大婚之期，先是介紹女友讓我們夫婦認識，再來情商我駕駛迎親花車，看他當新郎那天的歡喜笑臉，我也從心底樂滋滋的為老友祝福。

生逢亂世，有時真是身不由己。南越易幟，他成了「美偽」退伍軍人，被越共改造回來後，遷到頭頓小漁村，經營雜貨店維生，目的卻是覓機會投向怒海。

那時，我們都被迫封筆了，再無自由園地讓文友們發表作品。我也以為今生的作家夢劃上了句點啦？彼此難得相見，聚首話題總離不開大海的誘惑。

紅旗囚籠中為覓自由，文朋詩友都各奔前程，我一家大難不死，怒海驚魂後得以定居人間淨土澳洲。午夜夢迴，故知好友分散天涯海角，人活在民主自由樂園中，卻總有遺憾，想著再難相逢的摯友們，不免耿耿於懷。

時光飛逝，沒讓舊雨情誼淡化，分手多年後，終於又再連繫上了。沒想到村夫兄命途乖舛，最終逃不出那片他一生經已逃過兩次的紅旗魔掌。

那天收到電子郵件傳來的噩耗，我半天彷若木雞，然後急急忙忙慌慌張張，到處尋覓故友的遺照，翻找存留的書信，終於覓到他與嫂夫人共遊廣西南寧市的合影，我強忍的淚水再難控制，竟如崩堤滾滾而瀉。

拿起存留的四張年卡及來信，將卡上寫滿的字一行行的在淚眼矇矓中重讀，彷彿聽到老友瀟灑的聲音在我四周迴響，是否孤獨的魂魄飄來萬里外向我這個深交揮手呢？

今年元月十日所寫的最後一張賀年卡片，村夫兄的喜悅躍然紙上：

> ……我家今年新增了一個小成員，村佬首次享受到了抱孫的樂趣。大女兒及兩個的小的仍未成家，大兒子與媳婦倆皆在外資公司辦公室上班……村佬於最近與村姑結伴作了一個月的神州之旅，但亦僅限兩廣幾個城市，尚無緣攀登天下第一關，但終究是實現了村佬此生有朝一日親睹祖國壯麗河山的夙願……。

亡友生前終能償到故國一遊的夙願，也為他高興呢。

二〇〇四年六月六日的錦箋其中一段：「最近接沈老（昱明兄）來函，說起與你異地相逢的情趣，確實令村佬好生羨慕。不知村佬何時有此良機，得以一睹你倆久違了長達三分之一個世紀光景的飄逸風采。」我們皆無法想像當年生離卻成了咱兄弟的死別，呼嗚！村夫兄，您聽到我在冷冬中飲泣，臨風哭悼您的悲聲嗎？

六十四歲正值壯年，村夫兄卻匆匆的走了。幾月前還為了誤傳他患上肝硬化而讓海外文友們驚慌了一陣子。沒想到這次來得那麼突然，他竟忍心連和老友再重逢的機會也放棄，說走就瀟灑的去了？

南澳黎啟明兄向我要了村夫兄府上的地址，說回越南時定到頭頓探望他的家屬，若能到故友墳前拜祭，唯有請啟明兄嫂代我夫婦多上三炷清香，以慰亡友在天之靈。

今天是村夫兄走後三七祭祀之日，他的魂魄還在中陰界徘徊，村夫兄！您知否我在天涯外到處尋尋覓覓，多麼渴望由於我的濃濃思念而招引您的魂魄來相見。陰陽兩隔，看來今生相逢再無期，呼嗚！村夫兄，您安息吧！

後誌

南越海韻文社創辦人之一，越華知名作家鄧崇標先生，筆名村夫，生於一九四二年，歿於二〇〇六年七月二十七日，壽終堤岸六邑醫院。噩訊傳出，海內外越華文友同悲，為痛失這位欽廉大才子而哀悼。三七遙祭，祈祝摯友在天之靈安息。

二〇〇六年八月十七日於墨爾本

雕樑塵冷春如夢

幼子明仁（John Wong）旅行越南返家後，對出生地有談不完的話題，送我幾張磁碟唱片，歌星是越戰結束後的新生代，嗓音優美。那首「冬之情」纏綿悱惻，幽怨哀傷，一片冷冬肅殺氣氛，聞之心酸。「夏季驪歌」唱出征人遠走天涯，淚灑青衫，繾綣離別，動人心弦。去國二十多載，已放棄聆聽當年喜愛的越南時代歌曲，是不想觸及一份傷痛。開電腦按下音響鍵，悽愴婉轉的越語歌聲把我帶回了魚米之鄉。

戰火荼毒印支半島，前線後方已無明顯界線，華裔青年男女已和居住地人民一樣，面對戰爭的衝擊，未能合法申請出國升學或偷渡離開的適齡壯丁，多被編入軍隊充當美國圍堵共產南進的炮灰。以各種神通暫免服役的人，內心也被苦悶充塞，明天是一幅沒有顏彩的灰色方塊，無法突破。

同學張順祥是家中的幼子，身材不高，有對彷似金魚般的眼睛。慈母是越南人士，父親是原籍潮州，在堤岸第十一群種菜維生，算是小康環境。平泰區的花縣小學創校後，我們同時轉到這所新校園，被編入同一課室。小學畢業又相約投考福建中學，再次同班，最後都成為南越華埠名校「福中」的畢業生。

驪歌唱後，許多校友各奔前程，或升學或就業或離越或從軍，我則繼承父業經營生熟咖啡。他覓到一間公司做文員，同窗多年，感情投契，故時有往還。

婚後我遷移至第十一群新居，白天從商夜晚伏案寫作，喜與文朋詩友交往，順祥的國學極好，一手字蒼勁瀟灑，為人老實有禮。晚上有時騎單車找我，相約到數公里外足球場附近一家咖啡館聊天。

幽雅的咖啡館，家庭式的小本經營，店主是位越南詩人，售賣各款咖啡、汽水、啤酒、紅茶等飲品。四壁掛滿西方抽象畫，燈光柔和，桌椅疏落。光顧者除了偶然路過的情侶外，多為熟客。令我們喜歡的是環境清靜，尤其是音響播放的越語流行歌曲，迴腸盪氣的歌詞醉人，妙音繞樑。我們有時聽到入迷，整晚沒談上幾句話，離去時酒意上湧，頗為痛快。返家時太太開門往往聞到濃郁酒味，順祥必送我到家才再獨自回去。

我家的店舖在第五群與第六群交界，後邊是仍未開發的木屋區，多次發生火災，有時在深夜，呼天喊地之聲震耳。忙亂中工人與我兄弟搶救搬運雜物，順祥不知何時已擠身到來協助，幸而每次均有驚無險，沒殃及池魚，也因此我一家均對他十分好感。

偶然路過，他也會進入店舖探我，我經常外出做買賣，他便與我弟弟或父母聊天。先母對他的婚事極為關心，原來他事親至孝，要物色一位好媳婦侍奉年邁的雙親，家境又非富裕，故一拖再延已過而立之年仍然未娶。

直到一九七六年，北越大軍佔領南方的第二年，順祥才成婚，我駕花車載他迎娶新娘。是越南姑娘，比他年輕八九歲，翌年誕下麟兒，還派紅雞蛋給我。

越共排華戰役一波波掀起，人心徬徨，我家早已結束經營，不再「剝削人民」，為了逃避清算我集資創辦工廠，參加勞動，晚間偶而和順祥去咖啡館聽歌，播出的已改成「革命樂曲」，以前那類動聽悅耳的抒情曲說是「反動」的「美帝」音樂。從此我們不再前往該館傾談，改在我的小樓書房，兒女睡後，內子婉冰也陪我們喝茶聊天。

當時越南南方華裔流傳著一句話：「電燈柱若有腳也會離開。」人心都想逃離失去自由的共產黨控制區。我積極的暗中連絡，決心攜帶妻兒投奔汪洋，以一家七口生命作賭注，先慈極力反對，先父則堅決贊成。我把計劃透露給順祥，並邀他一道冒險，那些買路錢（每人黃金十二兩）我願意先借出。但至孝之人回答我，不忍拋棄年老父母。

一九七八年中秋節前，偷渡計劃已完成，家中頗多小件電器，廚房用具都暗中送予順祥同學，大件傢俱則搬給對面好鄰居，兩部汽車和四層高的洋樓留給越共接收，拋家棄鄉走上了不歸路。

大難不死，從荒島被救到印尼「丹容比那」難民營，半年後移居人間淨土墨爾本，趕緊給散佈各地親友報喜。收到了順祥的一封祝賀函，略述我走後他天天到我二弟處探消息，牽掛之情盡顯箋上。

我趕快回郵，前後寫了幾封信竟如石沉大海，二弟及雙親也已離越遠赴德國，無從探聽老同學境況。

一九八一年初，距我寄發最後的信已整整經年，放工回家收到越南郵件，竟然是他兄長順孝於半年前投郵的噩訊。其弟踏單車外出被越共軍人乘機動車踫撞，傷及頭腦送院不治。因收到我數封信函，知我與其弟深交特寄訃聞，並示知其弟婦及稚齡侄兒已返回娘家。

信讀完我已哽咽泣不成聲，童年友伴，十幾年的交誼，多載同窗，沒想到一別成永訣。事親至孝之人會有此下場，老天何其殘酷不仁，三十四五歲壯年，意外早逝，人生無常，思之黯然。

故友辭世，哀悼之餘，再不想購買越南唱片，唯恐那份傷痛會被勾起。九月是墨爾本的初春，戶外陰霾愁鬱，CD磁碟播放的越南情歌，如夢似幻，當年經常去飲啤酒的那家咖啡廳雕樑映眼，順祥同學那對金魚眼瞳光芒冷照，有許多話許多心聲以及重逢的諾言都抖落如塵。陰陽隔離悠悠二十多春，今天聆歌憶故人，回首前塵真如春夢一場了無痕。

如夢的春天，如夢的人生，那年那月才是夢醒的時刻呢？

二〇〇二年九月十四日初春於墨爾本

二〇〇三年七月八日刊於臺灣人間福報「覺世副刊」

天何殘忍喪我至友——哭祭梁善吉兄

認識善吉兄整整廿六年了，過去四分一世紀的歲月裏，在墨爾本朋友中，這位好友的為人，是我最尊重和敬佩者。在許多大是大非的問題上，我們幾乎都有共識，也因此，從社團合作無間的友誼發展成為兄弟般深厚的感情。

他天生是一位有領導才華的人，由於熱心社會公益，從開創史賓威中華公學始，至受任為僑務顧問，最後再擔任中華公學理事長止，梁兄先後擔任了史賓威亞裔工商協會、華青體育會、維省印支華人齊會、欽廉同鄉會、中華公會的會長以及數之不盡的種種顧問銜。

梁兄對僑界的貢獻早已有目共睹，早年帶領華青會籃球隊遠征臺灣、東南亞及澳洲各地，發動為海內外天災賑災、籌辦孫穗芳博士蒞澳演講、歡迎混元禪師蒞墨爾本宏法、為陳之彬競選參與籌辦募款晚會、擔任歡送程其蘅處長歡迎梁英斌處長盛會的召集人、為馬英九總統就職典禮慶祝晚會的召集人等等，都讓大家記憶深刻。

一九八三年黑色星期三的山林大火，維省印支華人相濟會展開募捐賑災，我與游啟慶、婉冰負責史賓威區。聞說居住該市的梁善吉校長人緣廣闊，游君約他協助為我們帶路，一連幾天下班後我們四人都前往該市逐家逐戶募捐善款，為主流社會奉獻丁點綿力，回報澳洲人民與政府收留我們的大恩德。

當時這位略瘦而顯得有點靦腆的新交，原來是我讀者，謙虛的說能陪作家和書法家一起做有意義的賑災工作，甚感榮幸云云。有緣結識，往後相處才知他口才極佳，為人幽默風趣，調侃說笑，總令聆者傾倒。

為了促進維州印支華裔社團間的友好團結，梁兄精心構思下，促成創立了「維州印支華人社團聯合會」，受到十餘個印支團體的響應參加。為往後各種大型活動調動了一股團結大力量，並促成澳洲華社舉辦「慶祝澳洲國慶」晚會的先例。

當今兩岸和解，外交與僑務休兵。早在八年前，由於歡迎孫穗芳博士，為促使所謂「左」「右」僑團長期分裂。梁兄與我們達至共識，不分「左右」廣邀各僑團聯合籌辦盛大歡迎活動。亦於該年我們才與久仰的洪門民治黨眾僑領及老僑精英們相識，更承雷謙光盟長、雷德勝諸盟長、伍長然元老等前輩不棄，時賜教益指導我們。

在國家民族的大是大非上，梁兄堅決反臺獨、反疆獨、反藏獨。由於一生三次逃避苛政，因而崇尚民主自由，反對專制獨裁不民主的政體。蓋棺定論，梁善吉兄是始終保存著「欽廉精神」的欽廉僑領，是一位無愧於「欽廉」祖宗的優秀欽廉才子。無愧於中華民族，無愧於澳洲公民的華裔大僑領。

梁兄急公好義，生性豪爽。當他在成衣、建築行業有所成就時，對社區各種捐款，義不後人。對社團共事的晚輩友好，皆諄諄不吝指點。對由他提攜的後起才俊，有處事不當者，甚而拍案直指其非，真是愛之深責之切。

廿六年的交往，由於相知相惜，並且推心置腹，無論家事社團事天下事，我們幾乎無所不談。如今，我們往昔合作無間，數之不盡的點點滴滴，都成了我餘生的美麗記憶。

善吉兄！請您走好，安心的往生去吧！嫂夫人與你的兒女們、你的孫兒女們、你的至親友好們，以及整個墨爾本華人社區，澳洲華社，都會深深的懷念你！

呼嗚！天何殘忍喪我至友？天何殘忍啊！行文至此，悲從中來，號啕而哭點燃心香三炷望天遙祭。善吉兄啊！魂兮歸來。

二〇〇九年八月十七日晨哭祭於墨爾本

夢裏無尋處——遙祭先父十年忌辰

十年歲月匆匆的流走，原預訂在今年五月，先父辭世十週年忌辰時，要去德國小鎮掃墓，然而計劃竟無法實現。那份不孝的愧疚如利齒，慢慢啃咬著心肝肺腑，疼痛油然滋生。點點滴滴的折騰，以至失魂落魄般的靈思遲鈍，渾渾噩噩的寢食不安。

惆悵失落以及無奈，望著客廳油畫先父遺照，以及祭祀檯上的水果、糕點。燃香後，要兒、媳、女、婿以及嫡孫、外孫女們輪流上香鞠躬。讓這些洋化或半洋化的後輩們明白「慎終追遠」，認識祖上的心意，彷彿成了家中每年大事，也藉此機會向兒孫們陳述黃家的根源，和些煙遠渺茫的掌故。

每年清明和重陽節日，在偶而雨紛紛欲斷魂的行人中，我是有墓難掃的異鄉人，只得對著廳中油畫追悼，以心香遙祭替代親臨墓園。當年離亂，辭根散作九秋蓬，原以為地球村形成，相見不難？沒想到的是，幾萬公里距離，並非如往常可定省晨昏、盡人子之孝道。而死別後，居然會出現有墓難掃的困境？

熟讀典籍，明知親在不遠遊，為了盡孝，是不該遠離父母。世事難料，本來約定逃出生天後，都要到澳洲作為團聚新鄉。沒想到弟弟們卻連挑選的機會也沒有就被送到了德國，一個絕沒想到要去定居的地方。完整的大家庭竟硬被拆散了，親心之痛，當年我還不能體會，年歲徒增後，才漸漸領略了父母思念遠離兒孫之苦。而更令我痛心和愧疚的是，不但雙親生前因分離而難盡孝，大去後無法在年節忌辰前往掃墓祭拜，真是愧為人子啊！

母親先移民極樂世界，父親除了深冬大雪無法出門外，每天清晨必散步幾公里到寧靜幽美的墓園內，為先母點燃一支有嚧咀的香煙，然後對著那塊中文牌碣喋喋不休的訴說兒孫稍事。

那年到德國省親，父子清晨散步，不知不覺的一如往常習慣，我被父親帶至那在鬧市中的大墓園，找到先母埋骨處。令我驚訝的是青草地前，插滿了幾十個嚧咀煙頭。記得先母生前，為了伴隨良人，才偶然燒枝香煙，煙癮並不大。先父為了追思，怕泉下老妻寂寞，自個兒抽煙時，不忘也給亡妻點燃一枝香煙。在吞雲吐霧當兒，將家事一一陳述。

每想起老父那份執著，其實是極度的寂寞，先母棄世多年，先父仍能行走時，每天大清早必獨往墓地。若非親睹先母墓前那大堆煙蒂，還以為二弟在電話中對我胡謅呢。每一念及先父孤獨度日，心中總難平靜，身為長子的我，在老父晚年不但無法侍奉起居，讓他連個說話的對像也無，真是罪過萬分啊。

先父生前與二弟共住，二弟經營兩家餐館，早出夜歸，竟日與弟婦來回奔波近百公里。五個侄兒女們有的在大學寄宿，有的上中學或讀小學。除了假期週末或晚上，家中才熱鬧外，餘時則只餘老父獨居。左鄰右里皆是德國人，也都門戶深閉，小鎮街頭巷尾鮮見人影。尤其冬季，大雪紛飛，偶而有汽車馳過，門外一片雪白世界，寂靜到落針可聞，那份落寞可真難奈之極。先母在時，還有老伴共話家常一起打發無奈歲月。

那年省親，父親老懷高興萬分，平白在寂寞生活中，有了個談話對像。我也滿心歡喜，突然恢復了在原居地時期一樣，心中有多少話，無論對人對事與及兒女家常，都可一一對老父坦告。又像是對著久別的老友般，無所顧忌的將苦水傾訴，不怕被笑、被罵、被苛責。有共同的記憶，有對往事緬懷，在對未來憧憬，對人世間種種變幻彼此探討，談故鄉見聞、評兩岸對峙危機、說西方國家的人道主義、論後輩會失去中華文化根源的因由。

也提及將來身後事，先父多希望能埋骨閩南故鄉。可惜先母病危時，已來不及回鄉，以至魂斷歐洲洋域。為了與先母合葬一穴，先父的遺願也無法實現。在眾多德文墓碑圍繞中，那兩塊中文石碑，孤獨寂寞的屹立著，彷若在對德國魂証明，埋骨者是中國魂啊。

父親年少失學，讀書不多，學問都是自修而來。每收到來信，看那一手蒼勁的字跡，就足夠我這個所謂作家羞愧。先父洞察世事的本領，也是最令我敬佩。那年該是一九七三年，巴黎和談成功，越戰多方簽訂了和平條約。正當世人沉醉在未來和平的憧憬中時，先父卻緊急召開家庭會議，要兩位弟弟早日偷渡去香港另謀出路。他斷定不出三年，印支必變色淪陷。理由是美國無非為面子，打輸不認而訂下所謂「光榮撤出」以誆世人。百萬盟軍也敵不過越共，一旦盟軍撤退後，越、柬、寮豈能不落入越共之手？父親先見，果然未到三年，印支三邦皆淪亡。

可惜先母無法理解，也因此弟弟們才未能照父親大計先行離越，家族全部財產最終都被越共未收搶奪。

三十二年前四月三十日，越共入城後，舉國騰歡慶祝，先父卻憂容滿臉，要我兄弟立即設法「逃」走？無法離去，又要我即時結束經營咖啡及茶莊生意，才可避過「清算」？我兄弟半信半疑，我未敢違抗父意，幸得逃過「打資產」及被清算鬥爭。這種「真知灼見」並非人人可有呢。

十年生死，陰陽兩隔，父子無從再相見，悠悠夢裏無尋處。我有多少心事，欲訴無從，每次瞻仰遺照，竟也喃喃自語。兩年前嫡孫永良出生，最想告知的就是先父母。抓起電話打去歐洲，當二弟聲音傳來，才猛醒起，父母早已往生多年。「極樂世界」沒有電話，沒有郵局，雙親根本不知人世間已有電子郵件，況且那兒微軟或雅虎公司還沒開發接送「易妙」功能呢？

唯一的方法，也是最好的辦法，立即向遺照稟報。等孫兒滿月，帶回來鞠躬，讓先父母認識，彷彿見到父母展顏，開心的微笑了。

爸爸！十年了，您早已不再寂寞。如今，我終於學著您當年對媽媽喋喋不休的方法，在您遺照前，訴說些心事。另外，也將對您的思念，打成文字存檔，等將來可以寄發電子郵件到極樂世界時。我會將祭祀您及媽媽的詩篇、文章，一篇篇傳去。到時，請您勿忘了讀給媽媽聽啊，她一定會很高興的呢。

在墨爾本的孫兒女們都回來向您的遺照鞠躬，在瑞士的二弟、德國的三弟，也和我相約同時祭祀。留在德國小鎮的侄女將到墓前上香和獻花。能夠再到歐洲，我必定會去掃墓，以告慰您及媽媽在天之靈。安息吧！爸爸。

二〇〇七年仲秋追思於無相齋

哲人其萎——悼宿儒葉華英先生

到達雪梨翌日，突接噩耗，驚悉知名僑領、文教界前輩、宿儒葉華英老先生鶴駕西歸，墨爾本華社痛失了一位謙厚長者，老先生英偉形象，君子風範，對華社無私貢獻，必將長留澳華史冊。

去年三月葉老九一大壽，隆重壽宴轟動華埠，政要、僑領及親友數百人到賀外，貴賓祝壽獻詞中，紛紛對葉老創立「天后廟籌建委員會」的艱辛過程及成績，給以全面肯定。對其被奸小貪婪之徒陷害及誹謗，公開平反，恢復聲譽，真是大快人心。可惜我人在美國，錯過了如此盛事，回澳後蒙鄭毅中臺長借出錄影帶，得以觀看壽宴細節，為之擊掌再三。所謂「公道自在人心」，誠不虛也。

二十餘年前參與創辦「維省印支華人相濟會」，與葉膺焜兄同為首屆理監事會同仁。未久，有緣得識葉老，始知為膺焜兄令尊翁。從此，執晚輩應有之禮，稱呼「葉伯」，以示敬意。內子與膺焜兄同宗，也是當年南越穗城中學的校友，有此關係，故與葉氏父子結緣，陪感親切。

葉伯因讀了拙書，每相遇，必以「黃作家」相稱，與之相處，感受到的是一位學識深厚、謙恭有禮的長者風範，而無任何持才傲氣。葉伯談吐，輕聲細語、條理分明、溫文爾雅，是典型的華夏傳統書生。原來葉伯在原居地執教鞭，桃李遍天下。移澳後多次參加徵文賽獲獎，其文章充分表露了豐富的學識底蘊，國學基礎極深，膺焜兄得承衣砵，也能寫一手好文章。

天后廟籌建委員會創立時，與「維省印支華人相濟會」同租借一棟物業。當時，承葉伯錯愛，茶聚時邀我加入，我因事忙與個人的宗教理念而婉拒。葉伯君子風度，並不因狂妄後生不識抬舉而耿介。這種寬容及作風，令我敬佩。

數年前到香港，蒙賴巨榮大狀師伉儷熱誠接待，專車導遊，整日相陪。傾談中，賴大狀師表達對葉老的尊敬及懷念，說離開墨爾本後，墨市僑界朋友中最想念的人就是葉老，一位在澳洲與香港兩地法律界享有盛名的大狀師，對葉老充滿敬意的言談，可見葉伯為人的成功處。

去年農曆中秋後某個週末，梁善吉會長、鄭毅中臺長與我和婉冰，專程驅車五、六十公里，往葉府探訪葉伯。蒙其子媳殷勤招呼，備了不少節日糕點款待。葉伯精神已大不如前，談興很濃，仍然關心僑界的人與事，話題也涉及天后廟近況。葉老提到當年事件，對我等數人仗義執言，不惜開罪奸惡小人，一再表達感激之情，也對其他主持正義者的相助，滿懷感恩。吾等不敢居功，為所當為，尤其我這一介書生，盡言責原是作家本色。

未久，獲悉葉伯意外跌倒入院，因俗務繁忙，數次致電膺焜兄問候，念著要去醫院探望，不意蹉跎，沒想到那次相聚竟成永別。今聞葉伯仙遊，心中頗感愧疚。

葉伯辭世，墨爾本僑團、友好即時成立治喪委員會，善吉兄致電，要我也加入。再三婉拒，人在雪梨，無法相幫，本不敢沾此虛銜，但念及與葉府關係，唯有汗顏應允。

如今人在千里外，未能在葉伯靈前上香致祭，舉殯日更無法相送，實在愧對葉伯英靈，愧對老友膺焜，膺民昆仲。惶恐之餘，唯有在達令港灣臨水遙祭，敬撰悼文，燃心香數炷，祈禱葉伯路上走好，早登極樂。

二〇〇七年元月十一日於雪梨情人港敬撰

父親的睿智

抗戰勝利後沒幾年，母親鄉愁濃郁吵著歸寧，父親毅然結束在越南生意，舉家回國。二弟未滿週歲，我已是個蹦蹦跳跳的頑童。

國共對抗末期，高度通貨膨脹下，民不聊生。國民黨敗退臺灣，大陸易幟，紅旗飄揚。先曾祖父是大地主，也不明白父親當年如何能預知：在新政權治下將無好日子過。於是立即買桴攜家眷偷渡到香港，輾轉又回到了南越湄公河畔。當時父親年華正盛，才三十二歲。

越南人民正如火如荼抗法，巴川省每天都有爆炸，戰火燃燒。我們又棄家遷移至幾百公里外，鄰近首都的華埠堤岸。

沒有鋪面，生意從零開始，每天騎腳踏車到處售買

作者先父黃清平先生年青時留影

咖啡粉，車後載著幾十公斤大包小包的各式咖啡，真不知那份苦是如何撐過的？

店面開張後，父親成了總管，偶而協助鋪前零售外，大多時間看報聊天。鋪後工人炒咖啡豆，濃煙飄出店前，父親只嗅到咖啡香味，便大聲傳達炒工即時倒出爐內咖啡，再遲半分鐘就過火焦掉了。這種獨特經驗，令所有炒工皆五體投地的佩服。

我初中畢業後，本想再讀高中，可惜因是長子，要繼承家業，就得陪著推銷員學習做買賣了。後來，歷練有成，便獨當一面，成為「源裕咖啡莊」的經理。

父親將支票戶口轉給我，唯一條件是「買貨開票，一定要當日日期」，絕不許打上翌日或另一星期的期票。

為此，我百思難解，多次爭論，但都不準我求。當時通貨膨脹，年利息高達百分之二十四。開出一千萬元的支票，若是一月後兌現，那麼，我的利息就多出二十萬元了。足夠家中佣工三月的工資。縱然遲一週，也會多出五萬元的利息進賬啊。

幾年後，終於恍然大悟，因為我這被行家稱為「源裕大少爺」的支票，比銀行行票更保障。原來父親為我樹立了一個黃金形象，咖啡行和批發商們，銀根短缺時，都來電找我，或親自上門，將新咖啡豆低價售我。有時，恐我不信，還出呈他們與法國咖啡園園主的合同，証明購入的原價。

他們以原價預售給我，可以取我的現金支票清還園主首期欠款，比去銀行借貸，省下利息和時間，無非少賺我這單生意而已。如此一來，我家咖啡豆成本，等於是批發商的入貨價，與行家競爭，就佔了便宜了。

有一天，父親專心讀報，忽然問我銀行存款？報知後，立即要我去咖啡行，採購入貨。原來，那則引起父親注意的消息是巴西山林大火。幾萬里外地方發生火災，與我們何干？先知先覺的父親對我說，明年巴西將無咖啡出口，國際市場必湧來越南找咖啡，供求定律，到時必大漲價。

果然未久，咖啡價大漲，那年我們存貨平白漲了近倍。那時，我對父親的睿智，才真的佩服了。

假巴黎舉行的印支戰爭和談會議，終於在一九七三年達至妥協，參戰各方簽訂了和約，美國也宣佈即時光榮撤軍。消息傳出，舉國騰歡，七月二十日到處燒鞭炮放煙花慶祝，真是普天同慶，人人喜上眉頭。

父親卻開家庭會議，對我們三兄弟說，不要再留戀，趕快設法移民或偷渡去香港。我是老大，又主管生意，暫時留下；二弟和三弟先走，到達後，才將全部資金匯出去。我們已樹立了極佳信用，要購貨，所有咖啡行和園主，都會大批供應。今後，改變方法，賣完貨再還錢。

我兄弟目瞪口呆，不明其意。再三追問，父親才說，百萬美軍，盟軍都打不贏越共，再過三年南越必變色。當時，我們都不信，到了一九七五年四月三十日，越共坦克車長驅駛入西貢總統府，比父親預測南越三年淪共，還早了三個月呢。可惜的是，三弟不肯先去香港，二弟偷渡不成，家族財富終化為水，我們兄弟三家後來都成為身無分文的難民。

若都照父親安排，在越南的財產不但分毫無損，三十五年前到香港購買多座物業，如今我們都成了富翁了。

越共入城後，天真的人民放鞭炮，大事慶祝和平。父親憂心忡忡的對我們說，見到舉家都在淪陷區，真是「痛心疾首」。要我在年內結束經營，家中財富足夠坐食幾代，不能再招搖。有路趕快設法離開，才是上策。

對父親的睿智，我已全然信服，立即照做。翌年清完欠稅，終於將父親一生心血，白手建立的「源裕咖啡莊」的大招牌拆卸，父親心中傷痛，實非我所可想像。

由於我們的「覺悟」性高，在「解放後」沒有繼續「剝削人民」，沒有再做「吸血的商人」，我們兄弟及父親都逃過了「打資產階級」的清算鬥爭。主因是稅務局檔案，已無我們欠稅存檔。也無經營登記在案，因而逃過被驅趕到荒山野嶺的災難。若非父親的先知先覺，我們真不知要受越共的多少折磨呢？

父親在農村只讀了幾年的古書，婚後遠離妻子，隻身到柬埔寨，再輾轉去了越南，事業有成，再接妻子團聚。五十一歲退休，交捧給我，對我影響最大的教誨，就是「誠信第一」，言而有信，是做人之本。尤其是從商，信譽就是生命。

我本來對商人無好感，但在父親身上，改變了我對一個真正商人的觀點。

先嚴黃公清平府君於一九一七年在福建同安誕生，一九九七年安祥往生，享壽八十有四，與先母一齊埋骨德國小鎮。追思先父點滴，不覺敲打下令我印象深刻的往事，父親的睿智，真非我所能企及也。

二〇〇七年十一月十日於墨爾本

輯三　鴻蹤篇

瑞士山色如詩畫

五月造訪蘇黎世，飛機降落前眺望窗外，映眼驟然被那無際的深綠黝綠所攝，機翼下方那兒像是座國際大都會？彷若錯入了原始森林般，俯瞰那有什麼建築那有炊煙那有人跡？帶著疑惑步出機場，乘侄兒的轎車，驚訝發現檔風鏡前竟就是一幅幅活生生的明信片。想想也就啞然失笑，書店出售的明信片，美麗的風景就是攝影家實地拍攝的啊。

旅瑞士其間每次外出，我都要

日內瓦噴泉

坐前座，一則不會暈車，二是盡量欣賞車前無數美不勝收的景緻。再累我也強睜著雙眼，無非要將一張張活的明信片存入我腦內。試過拿起相機，就在車內隨意按下快門，拍上三、四張，不經雕琢沒有角度，全是胡亂攝入。可打開來看時，仍然是一張張美景，實在不可思議啊。

更妙不可言的是，車往前開，正面大檔風鏡的畫面，每一角度都有不同的優美景觀。正在全神貫注欣賞時，後座的內子叫我趕快向右看，將視線轉右，啊！那青翠的山巔有白雲朵朵，一兩戶民居點綴山腰，山麓廣闊草地上，零散牛羊低首啃食。自然構圖，美到令人沉醉，宛若人在仙境。人在畫裏，人在寧靜天地中與自然融而為一。

轎車轉過左方，迎面又是新的畫圖，無論將視線移左轉右，那些至美雅靜的畫面流水般在眼前幌過。有的消逝後再難尋覓，有者因為經常路過，每次發現都令我心跳難忘。彷彿早年談戀愛時，每見到情人婉冰時，均喜難自禁般。

四月去雲南采風，那兒山巒色彩較為黝黑，同是綠卻是深綠與墨綠，而且幾乎都還沒開發，因而晚間就無燈光了。而瑞士的群山，除了橫跨歐洲多國連綿數千公里的阿爾卑斯山脈外，大小山都被盡用了。處處所見都有山上人家，半山有零落的房舍也有滿滿的屋宇，不少村鎮都是山居所組成。

被山包圍的國家，為了方便交通，一如雲南般，到處都有或長或短的隧道。同樣的隧道，建築就大不相同了。進入瑞士隧道，若不留心根本不知車在山洞馳騁，因為隧道內燈光明亮如日照。那天從盧塞恩（Lucerne）外郊皮拉圖斯山麓，去那家名聞遐邇的烤雞大餐廳。經過長達十公里的隧道，一邊編了號碼亮著綠燈的門框，居然是逃生出口，總共是四十個。每隔不遠必設緊急求救電話，大約一公里距離，還有可容大巴士長度的凹處，用來給拋錨汽車暫停，可讓修車技師搶修，又不會阻塞隧道通車，真是設想週到。

半山都有民居，山坡也全種滿了各類農作物，瑞士農民比城市人更富有，因為全是機械化耕耘。侄兒家居的小鄉，戶外右方就是麥田，麥浪飄逸搖擺，青蔥怡人，在山麓旁的田梗散步，鳥語啁啾，清風拂面，根本嗅不到半點耕牛糞便異味。中國農民是極難想像異域歐洲小國的田園有此美好環境。

有山也必要有水，單單山色不足以令人神魂顛倒，因而才會有「湖光山色」的說法。但畢竟瑞士是山多於水，名聞世界的有蘇黎世湖、盧塞恩湖、日內瓦湖，每日吸引著來自世界各地的大量觀光客，或徘徊湖畔，或乘船遊湖，或駕風帆嬉水，或坐水車划槳悠然飽餐美景。此外非熱門景點的美麗湖泊靜躺在如Zug、Thun和Neuchatel以及Lausanne這幾個城鎮，宛如純玉碧玉般散發芬芳。

若說住半山區的人，都是有錢者，那麼瑞士這個小國，八百萬人口起碼有七成人是山上人家了。盆地（雲南人叫做垻子）少，瑞士若不高度開發山區，將檔路的大小山巒闢出隧道，在山腰山崚山坡山麓建民居，甚至二千公尺高的山頂築旅館，成就了一個個山村山城山鎮。那縱使只有不到千萬人民，也無法立足呢。

瑞士與山搶通道奪國土，這個發達的山國，雖然山路坡度多，不論市鎮或鄉野，處處見到人民騎腳踏車，當然每天高速公路上各類汽車飛馳不在話下。極重視環保、重視運動健身的瑞士人，如非必要，比如去附近小市場購物或到鄰近探親友，大多棄汽車不用而改騎腳踏車。山徑坡道用力踩踏，確是最好的運動。

山居時光，愛在庭前搖椅聽鳥語聞草香，早晚常見過往騎車男女老幼，莫不揮手致意。中午前大多說「骨摸根」。（德語早安，瑞士全國有四種語言區，包括德、法、義大利和羅曼斯語。二侄所在屬德語區。）

瑞士人友善純樸及多禮有教養，一如詩畫般的風景，令我這個異鄉客經常感動感嘆感概。禮失求諸野，這處仙鄉國境除了迷人的湖光山色外，優美的還有甜到膩和濃得化不開的人情味呢！

二〇〇九年仲冬於墨爾本

《四海作家雲南采風錄》之二——國殤墓園祭烈士

六十餘年前對日本抗戰八年，是中國近代史上最慘烈的一場保家衛國的戰爭，八年裏發生了數不清可歌可泣的事。但對於六十五歲以下的人，並無切膚之痛，彷彿是好遙遠好飄渺又事不關己的前人經歷。

童稚期就從父母口中知道，因為日本侵略，故園民生凋敝而令父母遠走異國他鄉。每提起倭寇在南京大屠殺，先父必咬牙切齒令我印象深刻。小心靈竟莫明敬佩那班抗暴英雄，為國為民奮不顧身的拋頭顱灑熱血，常興起余生也晚之慨，不然也可仿傚諸先烈投戎殺寇。

南越華埠平泰義祠有抗日十七烈士墓，每參加送殯至該義祠，必向烈士墓碑鞠躬行禮，以表敬意。離

左起婉冰、陳若曦、麥勝梅合攝於國殤墓園

開南越三十載，往事早如煙塵飛散無蹤了。新鄉澳洲只有追思越戰陣亡戰士，與中國抗日絲毫無關。

沒想到「四海作家雲南采風團」四月八日清早從騰衝住宿酒店出發，首站竟然是到離城西側的「國殤墓園」，向當年收復騰衝英勇殉國的三千餘烈士致祭。

鄧友梅團長與陳志鵬副團長帶領下，由簡鳴中校與傅雯藝警官扶著大花圈代表國內作家，旅美資深作家簡宛女史與新加坡作家尤金女士持著另一個大花圈，代表四海作家團前往祭臺「忠烈祠」獻禮。全團數十人眾列隊步上石級，到達山頂大殿正門前，四位代表將花圈恭敬獻上，大家向烈士們行三鞠躬禮，儀式莊嚴隆重，禮成後各自到墓園瞻仰。

這個墓園佔地近八十畝，除了安葬三千餘位中國遠征軍抗日陣亡將士外，還埋葬了十九位盟軍官兵。在一處不起眼的山地，居然還有個墓穴，碑石刻著「倭塚」，想是將倭寇屍骸集體埋葬了。可見中國人的寬宏大量，並沒有將凶殘敵人暴屍荒山野嶺。

忠烈祠堂上正中，高懸國父孫中山先生遺像，兩旁竟掛著「青天白日滿地紅」旗和國民黨黨旗，真令海外華文作家們大感意外。地方領導尊重歷史事實，因為這座墓園是一九四五年抗戰勝利後，國民政府在當地人民大力支持下，花巨資為烈士們修建了這永遠安息墓地。

更不可思議的是文革期，「忠烈祠」居然沒被那班無法無天的小鬼們破壞，可見烈士英魂有靈，庇佑了祂們安息之地。加上地方政權開明，實事求是，不以意識形態強分「敵我」，才能在孫中山先生遺照兩旁分掛那二面旗幟。騰衝有如此開明領導人，應予宣揚表彰。今日海峽兩岸融冰，意識形態已淡化，能彼此尊重，更可增加互信及合作。

墓地分佈山陵四方，排列整齊，墓碑是姓名和軍階，尉級以上軍官們埋在同一山丘，士官及士兵則分佈其餘山陵。我瞻仰著這些烈士們一個個簡陋的塚穴，默默向英魂致以最崇高的敬禮，表達一位海外炎黃子孫對抗暴烈士的尊崇。

讀到石刻文字「答田島書」，是騰衝淪陷後，進入高黎貢山組成戰時縣政府的張問德縣長所撰，這篇傳世文書是回應佔領騰衝的日軍行政首長田島的勸降信，文氣大義昭顯，抄錄部份如下：

> ……騰衝人民死於槍刺之下，暴露屍骨於荒野者已逾三千人，房屋毀於兵火者已逾五萬棟，……而尤使余不忍言者，則為婦女遭受侮辱之事。凡此均屬騰衝人民之痛苦，余願坦誠向閣下說明，此種痛苦，均係閣下及同僚所賜予，均屬罪行。……由於余之責任與良心，對於閣下將提出之任何計劃均無考慮之必要與可能。……

讀來盪氣迴旋，是一篇上上佳作的正義檄文。

這位年逾花甲才請纓擔任抗戰時騰衝縣長的張問德先生，在抗戰勝利後甘於淡薄，即辭官歸隱直至瞌然離世。他不但是抗日淪陷區縣官的楷模，也是中國讀書人的好榜樣。我站在石刻文章前，邊讀邊遙念這位民族英雄的崇高氣節，敬仰之情難掩，唯有向碑文鞠躬，以表恭敬。

離開國殤墓園後，轉道參觀和順「滇緬抗戰博物館」。這座博物館在二〇〇五年七月七日才開館。展出五千件文物及圖片竟都是段生馗館長的私人收藏，他花費了二十餘年歲月收集倭寇罪行罪証，目的就是不想讓這段日軍侵略滇緬的惡行被歲月沖淡。參觀者莫不被帶回當年抗戰那沈痛的史實所震撼，為日軍暴行所激憤。

騰衝先賢有張問德先生如此大義的縣長，當代有段生馗先生這般熱心維護史實的館長，都值得我們學習與尊崇。難怪四海作家們紛紛要求與段館長合影，樸實無華的段先生笑吟吟的來者不拒，一一滿足了各國作家們的願望，才親送大家離去。

有機會到保山觀光，切記要去騰衝「國殤墓園」憑弔先烈，也勿忘去和順「滇緬抗戰博物館」看看那五千件展品，包管看後對一甲子以前在中國邊陲雲南保山，我們同胞與美麗家園被倭寇侵凌的血淚史實有深入的認識了解。

保山離昆明四百九十八公里，乘巴士六小時。空中距離只有三百六十公里，飛機航行四十五分鐘，保山有班機飛昆明、廣州。從保山乘出租公車「的士」到騰衝城區起價只要五元人民幣。昆明每日均有直達騰衝縣的班車，陸、空交通非常方便，去雲南觀光，千萬勿要錯過前往拙文所介紹的點景。

二〇〇九年四月廿十八日於墨爾本

《四海作家雲南采風錄》之六——莽莽群山笑

我在南越魚米之鄉巴川省出生，那塊富庶的水草平原一望無際都是青蔥稻穗飄搖，和水鄉特有的安祥寧靜，因而童稚期根本不知「山」為何物。

未久因兵燹四起，越南人反抗法國殖民之戰日熾。七歲那年舉家移居首都鄰近華埠堤岸市，這個南方大都會一片繁華熱鬧，生活在紙醉金迷中的百萬華人，根本感染不到當地人民為驅逐法帝國、起義抗戰的絲毫火藥味。華埠連接首都西貢，都是高樓大廈，也沒有任何「山」的蹤影。

上初中後，先父為了讓我能早日承繼家業，有次去外省推銷咖啡時，特意帶了我一起乘搭公車，前往百公里外越南與柬埔寨國境接壤地西寧省。對買賣我一點也沒興趣，進入省會中心鬧市，我立被遠處那座黝黑高山吸引，原來那就是南越國境唯一的名山「黑婆山」（Nui Ba Den）。也是我生平首次見到的大山了。

初中畢業後未久，為了逃避充當美軍炮灰而離家，應聘去二百七十公里外的從義山區，成為天主教小學教員。每月往返三十餘里去大叻市購物，車行在山路上迴旋，才對「山」真正的有所認識。可那些山海拔並不太高，不外如西寧黑婆山般，比丘陵地挺拔，沒有巍峨矗立的震撼之感。

先父母總愛將鄉愁都傾瀉在對兒子們的言談中，尤其對於「唐山」的描述，早已深植我們兄弟幼小的心靈。想家鄉必然是在「山」的包圍中？因而對「山」的嚮往也從稚齡開始了。

移居墨爾本後，這個沿海大城市繁花似錦，卻無山影，要到幾十公里外始能見到不高的山丘山坡，並無「山」的磅礴氣勢。

及至十餘年前首次尋根之旅，回到閩南家鄉同安，到古厝和叔父所在的新墟鎮，才真正見到了先父口中的「唐山」真貌。破落的四合院祖厝果然建在山腳下，但山並不高崇，瞭望山坡有點荒涼，山勢也不雄偉，讓我好生失望。才明白先父母當年思鄉心切，禿禿的山脈也被賦予無限深情。

四月六日到達昆明，步出機場後，眼眸即被山的影子深深誘惑了。真沒想到雲南熱情迎我，竟是我夢寐也想見到的群山。人在和接機的陳志鵬先生、趙立志先生寒暄，心早飛躍著向遠遠的青山問好。

真真沒料到的是，「四海作家采風團」逗留滇西十七日間，無時無刻無日無夜，我們都在群山的環抱中，都在莽莽青山連綿的糾纏中度過。也是這段如詩似畫的日子裏，我才知道世間竟有如雲南省擁有那麼多山，那兒的城市才真不愧為「山城」，居民名符其實的是「山上人家」，住處可稱為「山居」。

大巴士從昆明出發，遠行去「騰衝」，千里之途，幾乎近八成的時間，巴士都穿梭在迴旋繚繞高高低低的山路上。要不就是穿過有長有短的隧道，長者幾公里短者幾百公尺。每次座車進入隧道，從光明衝入了黑黝的洞穴中，我必深深的感嘆人定勝天的偉大開山工程。想起古人若被眼前的崇山峻嶺阻檔去路，再也無法可想？「愚公移山」無非是寓言，今人卻真正的做到穿山過海如履平地。

想及雲南公路局的工程花費，必比其他省份要多，動用的人力也更大，那才能遇山開路，見大山闢隧道。那是何其偉大的決心和何其偉大的勞動啊！

單單在保山市，這個與緬甸接壤的邊陲小城，全市面積一萬九千六百公尺，山區面積就佔了百分之九十二，餘下的百分之八才是壩區，也就是四面被群山包圍著的平原地。二百餘萬居民局限在只有百分之八的平地上，要與山爭與山鬥與山共處的生活，有多困難有多艱苦呢？可這些可敬的人民、山民於然活得快快樂樂，過得幸福滿足。

雲南省有四千餘萬人口，生來就與「山」結下不解緣，終日面對青山群山，因而，雲南人都變得豪爽豪邁大度歡容。也因為對著群山，少數民族們莫不擁有好嗓音，會說話開始就能唱歌，會走路便懂得跳舞。

十七天裏，每日見得最多的就是遠遠近近、高低錯落、連綿不絕的大山小山，每日都被群山熱情的擁著抱著圍著看著。見到山，不由想起我如今人已在天涯山腳，山風山影山地山坡山路山道，山山相接連綿相擁。眼前一山比一山高，一山比一山遠，青翠如嵐如茵，或綠或藍或褐或黑。山不動山無稜，任雲撫任霧飄任風吻任雨打，山總是含笑，莽莽群山呵呵的將笑聲傳出去，傳到天涯傳到我的夢鄉裏。

回到十里紅塵的墨爾本大都會，與雲南數之不盡的青山暫別，可夢裏多情的雲南山巒卻遙遙呼喚招手，要我勿忘了傣族阿昌族德昂族等山民熱情的歌聲，好客的敬酒，遠山含笑，雲南那大班朋友仿若變成了莽莽群山的姿影，都到夢中來誘我惑我邀我拉我請我，啊！美麗熱熾的雲南莽莽群山展顏，笑著在邀我在約我在盼我在等我。

二〇〇九年五月十五日於墨爾本

皮拉圖斯山巔風光

將要離開瑞士的前一天，二侄明順說要帶我們上山？到瑞士後早已被群峰重重包圍，侄兒住家前後就是蔥綠的山巒。每日沿小路騎腳踏車運動，讓山風拂面，聆鳥語啁啾，田梗麥穗搖晃，靉靉白雲迎眼，人與寂寥天地融會，真如隱士般過著優悠的生活。山居歲月，早已和青山相伴，那還要上什麼山呢？

特別為迎接伯父母而休假兩週的明順，已陪我們在瑞士與德國奔馳了數千公里，那番盛情親情實在令我感

山巔的酒店

動。他這位導遊不但駕駛技術高明，且經常停車讓過路人優先，也在路口禮讓其他車輛，舉止文明而耐性極好，實在讓我刮目相看。他盡心安排，代其父母盡地主之誼。不辭辛勞，整日開車接送導遊，汽油、門券、餐飲開支繁多，大破慳囊在所不惜。

六月十三日中午等侄孫們從蘇黎世週末中文學校回家，全車老幼八人即出發前往百餘里外瑞士中部名城盧塞恩（Lucerne），中文也譯作「流森」。初蒞瑞士時，侄女經已專程導遊這名勝區，早被那兒的如畫美景陶醉，想著再去一次也無妨。那知到達時始知是盧塞恩郊區阿爾卑納赫施塔德（Alpnachstad）火車站。是乘搭世界上最陡峭的齒輪火車通往皮拉圖斯山巔的始點。

侄兒購車票，彩色印刷精美如名片尺寸的火車票往返價格，成人竟然高達六十四瑞士法郎（相當七十五澳元），五歲以上兒童半價，沒有老人優惠，實在貴得很呢。

十九世紀，工程師埃德華・羅赫爾（Eduard Locher）萌生修築鐵路直通皮拉圖斯山頂，多數人都將他看成瘋子。但在一八八九年，長四千六百一十八公尺的山路開通了，直到一九三七年都用蒸氣動力將火車拉上去，傾斜四十八坡度而聞名於世。一九三七年後改用電動至今，這段四十分鐘行程的車軌，仍然是世界上最陡峭的齒輪鐵路。

若不乘齒輪火車，改以纜車往返，花費相等。侄兒相信我們早已乘過纜車，特要讓我們試試澳洲沒有的齒輪火車。排隊等上車，一輪車有五個廂房，每房兩排設八座位。可惜我們無法獨佔，唯有分開前後車廂。四十乘客頓時滿座，前後四輪火車，每車分隔四、五公尺，準時齊齊開動。

火車動身，以四十餘度傾斜緩慢爬上去，全靠鐵軌兩旁齒輪轉動滾著拖行，人與心皆被掬空般有點怕，此時驚恐經已太遲，所謂身不由己是最好寫照。唯有放開心懷，將視線投向窗外，左右山崖都是青綠或深綠的野生松樹，山脊亦是滿眼翠麗，遙目山嵐處處，偶而一片全黑，車已穿洞而上。

走完隧道，光明普照，連綿雪山遙望可及，大家莫不舉起相機攝下白雪蓋頂的阿爾卑斯山山峰。山坳處偶見羊隻啃草，該是野生山羊悠然享受，也見平房，應是鐵軌維修工人落腳處。

隨著車不斷往上攀爬，七上八落的心忐忑懸著，四十分鐘後到站，月臺也傾斜著由梯級建成，設計獨特。離車沿梯上，映眼是家紀念品專賣店，小食部與公廁亦在其內。右側是出售火車票或續車票及詢問處，窗臺上掛著回程班車時間，最後下山列車是七時，萬一錯過就得留宿山頂旅館了。

冷風微拂，大家趕快穿上外套，我們已到了海拔兩千一百公尺的皮拉圖斯山巔（Pilatus Kulm），溫差竟比平地低十餘度。難怪過去幾週我從瑞士、奧地利及德國所見到阿爾卑斯山脈，峰巔仍是皓皓白雪覆蓋，高山之巔終年積雪，如今才明瞭原因了。

行出專賣店門外就是廣場，設有幾十張帆布床供遊人半躺著享受日光浴。相對著是七、八張方桌及圍繞的椅子，讓觀光客小休或飲食，圍欄架起幾座投幣望遠鏡。到處遊人如鯽，莫不爭相拍照，人聲笑聲和各種難明言語混和著風聲，彷若交響曲，飄浮入高山與雲靄融而為一。

由二弟陪我夫婦從旅館旁拾級上更高處，「欲窮千里目，更上一層樓」，已入寶山豈可空手回？迴旋曲折的石級是依山勢而建，行至中途又一分為二，右面頂端已目所能及，就決定轉右繼續行程。沿途眼廉美景處處，尤其是遙望腳下，四周全是連綿山巒，翠綠青蔥。遠眺就是如蛇般蜿蜒無盡的阿爾卑斯山脈，山嶺白雪舖陳，反映艷陽亮光，更形嬌媚。內子婉冰氣喘停步，我則隨手捕獵鏡頭，攝下「資深美人」俏影與天地美景留存。

拾級到盡處是Esel峰頂，極目四方，真個心曠神怡，難免茲生「念天地之悠悠」感慨。所立山巔是海拔兩千一百一十八公尺，是我生平站在最高處仰望天空和俯瞰山巒大地。心中感激侄兒外，也深慶不虛此行呢。到瑞士觀光，若不上皮拉圖斯山頂，那真是莫大遺憾喲！

折返時行到分岐處，再轉左，行行重行行，前面竟無通路？見一小洞建有石級，陡峭幾近垂直，小心下去，昏暗中忽然亮光入眼，真有「柳暗花明」之喜。人已在山旁土路，下方是峭壁千仞，有懼高症者千萬勿往下瞧啊。我平素膽大，也難免心中忐忑。疑無路處，左轉右彎，過山洞時，壁上掛著說明，指點如畫江山。行到盡處竟然就是廣場附近的圓頂Bellvue旅館，這座高山旅館有二十八間雙人房，建於一九六〇年，也已有近半世紀了。遙對著的Pilatus旅館是建於一八九〇年，也有二十三間雙人房，實難想像一百二十年前的瑞士人如何到達這巔峰建造旅館？

由於怕趕不上最後班車，我們放棄了從Pilatus旅館邊石級爬上兩千一百零六公尺的Oberhaupt山巔，這個山巔正好是和Esel峰遙遙相對。

回到廣場合照後就入月臺，乘齒輪火車下山，這次有備，由我先行到第二節車廂，守著車門。終於大小八人剛好坐滿，四十分鐘車程，有說有笑的回到終站。侄兒帶我們到名聞遐邇的盧塞恩烤雞大餐廳，享受用手撕食的烤雞晚餐，美酒佳餚，真是別開生面又令人難忘的餞別宴啊！

歸途車行未久，三個侄孫已酣睡了，返抵家門經已深夜十時許。難怪小朋友難抗睡蟲誘惑，車中才如此安靜呢。離歐前夕，免不了有依依難捨之情，侄兒安排的「壓軸好戲」，導遊皮拉圖斯山頂，是到瑞士深親最好的回憶，也是他送給伯父母一份最佳禮物啊。

二〇〇九年六月二十八日於墨爾本

春香湖

南越中區度假勝地大叻山城（Dalat），海拔千多公尺，長年如秋，最高氣溫不過二十度，農曆新春時節前後較冷，在零度上下徘徊，也許由於天寒地凍的原因，女士們皆臉色紅潤，自然為其塗抹的脂粉更增美艷。

距鬧市中心不遠處，藍天白雲下的春香湖（Ho Xuan - Huong）倚山靜躺。單聽湖的名字已令人充滿了詩意，不知是何因由，這個媲美西湖的南越名湖竟有此優美的名字。郊外那個鮮為人知的嘆息湖，人跡難見，常年在一片霧靄中，輕輕的徒自哀傷嘆息。而這個得天獨厚的美麗湖泊，則是處處生機，歡樂無限的盈滿著喜氣。

那年初中畢業後，由於身體羸弱，就到山城休養，首次蒞臨春香湖畔，立即被眼前如仙境般的畫面迷住了。在大叻幽居那段時日，每星期總有好幾天到湖畔散步，欣賞湖光山色，浸溶在美景中把自己幻化為一隻彩蝶，自得其樂。

我的同窗好友郭欣泉比我早到大叻，他醉心繪畫，到處寫生。當他知道我也來山城後，便為我導遊。那天要我帶備零食水果，說要陪我逛逛春香湖，我卻對他講早已去過多次了，在他追問下，才知我所謂去過多次，無非和一般遊客那樣只觀看了湖的片面，是靠近街市及車站對正處那景點。他說要欣賞美女不能光看那一張臉，對著名湖也是一樣，應該環湖漫步，才可發現湖的真面目。

終被他說動，兩人沿湖畔散步，湖面泛舟的遊人不多，幾片輕帆在水上搖曳，漣漪一圈圈的擴散，無聲無息的漾開又散去，畫出一個個圖案，彷如萬花筒中的變化，令人目不暇給。

時值深冬，湖畔的櫻花已迫不急待的怒放，山城到處栽滿櫻樹，是日本政府多年前送出千棵樹苗，把大叻市間接裝飾成櫻花之都，在初春繽紛的花海裏，讓人會有時空大轉移的錯覺，還以為身在京都呢？

紛紅色的花朵纍纍如球，風過處，花瓣飄飄如雨，輕輕的隨風舞落，在肩膀上在衣領間，花香幽幽地如少女的體香，令人不飲自醉。

湖畔草坡上，近午時分，三三兩兩的男女大學生或坐或臥，在用便當，也有不少專心閱讀。越南女子的傳統服飾長衫，有點近似中國旗袍，女大學生們的長衫一律是白衣如雪，下擺前後兩塊長布，迎風飄搖，美不勝收，好一幅湖濱美女圖啊！可惜沒帶相機，無法把倩影攝入。

讀福建中學初中時，被同學們當成怪人的郭欣泉，是廈門同安人士，與我同鄉，平素沉默寡言，對人不大理睬，經常遲到，也時有曠課。他的學識卻非常好，北越出生，母親是越南人，故他的越語是同學中最流利者，而且說一口北方腔調，難怪大叻那些女孩子很多和他一見如故，都把他當成同鄉。我和他頗為投緣，可能是因為我沒有把他當成怪人之故，加上鄉誼，我們真是無所不談，沿湖閒話著未來、人生方向。他立志要成為一個大畫家，告訴我有朝一日必定要在大叻大學教國畫。我嗤之以鼻，笑他沒有碩士博士文憑的人也妄想做教授？

湖光山色不為我們的聲音而動，一切寧靜如昔，只有風偶然的吹拂，花香幽幽的輕送，遠山如帶，青天的白雲朵朵移轉。岸邊的垂柳和松樹，配合著地上釉釉的青草地，把畫布繪出一大片的綠，藍天的顏彩也映照在湖面上，水竟變成了青藍之色了。漸行漸遠，早離了那些水車舟帆輕盪處，漣漪不再，水是一塊平滑的大鏡，天地都映進去了。

一座圓頂的白色建築物，是天文館的大樓，在山頂上面湖而屹立。經過另一邊遙望，高坡上的大廈原來是神學院，寄居處宿舍主人張神父曾帶我們去參觀過，當時張神父讓我等在其教堂宿舍食住，原來有意把我們引度出家，成為修士。難怪要讓我們去神學院認識那些法國德國神父，這幾位洋神父講的北京腔國語比我好得多。當日並無注意，神學院是面對美麗的春香湖。

越行越荒蕪，山水依然清明，涼風不變，松樹較濃密，櫻花已漸稀少，回途時，欣泉兄問我將來有何打算？想起戰爭未知何年才平息？身廁亂世，又能有什麼長遠之計？但他一定要我把最想做的事長存心中，我說初中未讀完時，已立志要做作家，但必遭父母反對。

他笑說在越南，作家和畫家必定一生窮困，還要被俗世人貶抑。所以他要發奮，爭取進入大學任教席。我為他的志氣感動，對自己當作家的夢想也信心倍增。

我們邊行邊談，食著水果，行行重行行，繞湖一圈，浸淫在山光水色的美景中，不知時間的飛逝，竟用了三個小時之久，才行完整個春香湖。後來告訴張神父，他不相信我們能行那麼遠的路。為了証明有多遠，神父真的在出去賺物時特別載我，駕車繞湖，從車上計算器得知全程是五公里。

後來，我成了春香湖的常客，也為新來寄宿者做導遊。時時徜徉在這塊寧謐優美的山水裏，忘卻世事的紛擾也忘掉戰火的焚燹。

離開山城轉去中區名城芽莊市任教職，和欣泉兄一別竟成永訣。世事難料，人生無常，每一憶及，難免唏噓！

能用左右手同時繪畫的大畫家郭欣泉，多次畫展，名揚山城，機緣成熟，終被聘為大叻大學藝術系講師。他的夢想成真，畫藝備受重視，傳奇式的自學成功，被大叻文藝界廣為傳誦。可惜好境不常，因軍齡關係被強拘去入伍，越戰結束後，傳說他又被越共捉去勞改，不堪共軍的折磨而用那雙靈巧的手自殺了。

時光悠悠，離開大叻已三十多年，怒海餘生後，再沒有重遊山城，春香湖的姿影想必風情依舊？每念及那段山居歲月，欣泉兄的音容也自然重現，只是未悉故人魂歸何處？對其棄世真相也無從查究，成了一個永難解開的謎團。

二〇〇三年六月十一日於墨爾本無相齋

二〇〇三年十月二十一日刊於臺灣人間福報「覺世副刊」

山城魅影

南越中部的避暑勝地大叻市（Dalat）距西貢三百公里，海拔數千公尺，氣候涼爽宜人，是法國殖民時期開發出來的人間天堂。城內建築物充滿了歐洲情調，法式別墅皆為達官貴人的住宅。

越戰時期美麗山城似乎受到上天的特別愛護，竟不受戰火荼毒，市民過著寧靜的生活。偶然在蔚藍雲霄中瞧見掠過的戰鬥機留下的白煙外，槍炮聲幾乎遙不可聞。

市集附近的春香湖碧波如鏡，幾葉輕舟搖晃，漣漪圈圈在湖心盪漾。草坡上白衣如雪的南國佳麗，三三兩兩開卷展讀，勾勒出一幅極美的士女圖，撩人心緒。

離市區不遠的潘廷逢街有一間佔地頗大的別墅，深深庭院裏的後邊是華人小教堂，由臺灣來的張忠智神父主持這個堂區。身材魁偉而帶著厚厚近視鏡的神父，講著濃濃北方口音的國語，經常面掛笑容，黑長袍是唯一的身分象徵。幸虧山城四季如秋，人們長年要加外套，不然那黑袍如在熱天怎能消受？

六十年代越戰方興未艾之際，我因身體羸弱而被父母安排送去大叻休養，寄居在與教堂同一條街那家售賣輪胎的楊老闆店中。每日無所事事的到處游玩，也忘了是誰介紹，說教堂晚間免費教英文，就去報名，而成為張神父的學生。

後來和神父熟悉了，知道別墅也供寄宿，收費合理，為了有伴，便在談妥條件後遷入。和阿耀同室，老何和黃修士各擁有一個獨立睡房。大客廳是臨時教室，大門左方是書房，有幾千本中外圖書，包括哲學神學宗教經典及文學書籍，中文只佔少數。

每晚上課兩小時，十來個學生，包括我們四位寄宿者在內，除了教簡單的會話，也加插了聖經上的故事。傳教士的苦心大多如此，反正天下沒有免費的午餐，打發無聊的山居歲月，我也無所謂，對天主教的認識，竟是由此而得。

週日做完彌撒，神父有時主動帶我們到神學院去玩，他的吉普車是軍警專用的同類車，是全市最矚目的一部私家車。經常有站崗的警察向開過的這部車敬禮，神父那張臉總露著可親的笑顏，算是回禮。小地方的居民，很快便認出我們是別墅的住客，都錯當我們是「修士」，我多次澄清，但他們不為所動，只是禮貌含笑，依然如故的用「修士」稱呼我們。

黃修士半路出家，三十來歲人，原籍潮州，大概是為了逃避軍役才成為神父的追隨者？他是最虔誠的人，老老實實的把經文唸得滾瓜爛熟，對神父所講的新舊約都深信不疑。

阿耀比我年青，膽子最小，睡覺不肯關燈，為此房內特別安裝一盞較暗的燈泡就寢時用。老何是讀過英專的，成為神父的助教，為人較沉穩，平時很少出聲，和我們都和沐相處。除了黃修士，我們三人都是沒有領洗的「假修士」，神父看來一點也不急，反正每晚的功課中多少也滲了教義，慢性洗腦，總會被「萬能的天主」招引。

和神父一起生活，唸經是不可避免的事，每日三餐前祈禱的經文，早課在教堂做彌撒及週日、假日、節日等等，都非唸上一大堆不知有什麼用途的經文不可，如天主經、玫瑰經、聖母經等等。有時是默唸，有時則唸出聲，長經文我非看經書不可，短的則早已記熟於心，隨口而出，彷似印在心裏一般。

神父說唸經可以得平安，天主會保佑，可以驅邪。經文的威力一如十字架，魑魅魍魎一聽到經文就遠遠迴避。我們將信將疑，卻不敢提出詢問。阿耀是比較接受此說法的一位，他因為膽小，一個人是不敢待在房中，經常向我說晚上去廁所往往看到可怕的鬼影，我卻說他年紀輕輕做多了虧心事，「鬼」才會找他開玩笑。

我搬去別墅寄宿後，父母知悉後大為震怒，來信要我立即遷回輪胎店。該店的熟人見到我，好心的悄悄示知，說那家別墅經常鬧鬼，邪氣很重，對面的店舖總經營不到半年就倒閉。經此一說，留心觀察，果然別墅對面的洗衣店外掛滿了八卦圖、多張黃色紙符貼在門上，店主每天黃昏總向著別墅跪拜，燒了許多香燭。

我問神父，他說是有魔鬼，故才要唸經驅趕啊。對面那家人拜偶像，自然得不到天主的保佑。阿耀自此更疑神疑鬼，整日纏著我陪他，半夜也硬吵醒我同他上廁所。

午夜怪聲敲窗，哀怨恐怖。淒淒切切的呼喚，時續時斷，阿耀嚇得縮進被窩內發抖，我迷糊起身視察，應是松葉搖晃碰撞，並無不妥又進入夢鄉。翌日老何和修士也說時有所聞。張神父的口頭禪：「見怪不怪其怪自滅」，如果怕，就要多頌經。我因為不怕，也就不必和他們唸額外的經文了。

半夜有時阿耀會無緣無故大喊一聲然後躲進被褥中，悄聲說見到無頭的白長袍影子在樓梯上搖擺。有一日竟說大掛鐘敲了十六七下，真是胡說八道。我除了風聲和敲窗的怪聲外，這些鬼影全沒見過，他們相信我「時運」高，故妖魔鬼怪不敢來纏繞？

忘了交待別墅二樓是神父的起居室及私人書房，是閒人免進的禁區，他每日下樓後必上鎖。我們早已私探多次而不得要領，二樓入門處的鎖極堅固，老想不通有什麼不可告人的秘密？也不像藏著美女，因為那次神父到美國開會，一去半月，如有美女早已餓死了。

神父出遠門那次，要我們四人由修士領導把玫瑰園修剪整理。第二天早上竟挖到了一大堆骨頭，以為是豬骨或牛骨？但後來居然在阿耀大叫聲中見到了人的頭顱，証明那些骨頭是骷髏。嚇到那晚大家一齊虔誠的跪在教堂中向著聖母像及苦像唸了許多篇的經文。神父回來後，他報了警，起出無數的骷髏，坊間對「鬼屋」的傳說更是繪聲繪影了。

經查驗，原來別墅是二次大戰時日本侵略軍在南越中區的地下指揮部，拘捕到的反日義士，失蹤後屍骨全無，卻被行刑處決於此而埋了。那些鬧鬼的傳說也並非是空穴來風。

後來我離開山城轉去芽莊市教書，直至南越淪陷，才從友人處聽聞張神父在越共入城前逃走了。越共集會聲討資產買辦及美偽敵人時，神父被點名，控訴他是美國中央情報局的人？說在樓上找到了發報機及許多未及消毀的文件。

當年那些午夜怪聲及白衣鬼影，掛鐘亂敲都能夠解釋了。打字或發電報往往是三更半夜的工作，神父也喜歡穿白袍，鐘聲則應該是阿耀睡意迷濛時多算了。

那段年餘的山居歲月，從博學的神父身上，我學到了不少哲學、神學及人生的大道理，神父很少對我們說教，是一個非常可親的長者。不論他是否中情局的人員，對我一點關係也沒有。別墅的魅影虛無縹緲，平靜生活中的市民，是需要點刺激性的傳說來打發寒冷的漫漫長夜，講點「鬼故事」正中下懷。

別後多年，張神父早已回到臺灣教區，再難相見。老何定居加拿大，黃修士還俗在鄉間生活。阿耀從軍故被越共囚禁數年，與洪紹平會長同一勞改營，現已在雪梨，我則來了墨爾本。

大叻山城那座別墅如今也不知做何用途，鬧鬼的故事也許還會流傳下去呢！

二〇〇三年五月十四日於墨爾本無相齋

六千里路朝聖岩

大巴士經過三天一夜顛簸，停停走走吞吐了將近三千公里風沙，於五月四日清晨六點到達了號稱世界七大奇景之一的Ayers Rock艾爾斯大岩石前，屬於「天馬假期」的這部大巴搶了頭彩，我們是最早來到的第一團遊客。

導遊黎小天（Michael Li）和司機趕緊燒水為三十二位團友沖咖啡泡茶，我抓了相機穿著厚重的外衣下車後，繞過車前，以萬分景仰和虔誠之心面向這塊別號「變色岩」的巨石，但矇矓龐大的只是一片極黑的影子。陸續到來的遊人已急不及待的用閃光燈對著黯墨的岩石黑影刺殺菲林。

人越聚越多，公路兩旁空地已停滿了無數旅遊大巴及各種類型的大小汽車。冷寒空氣中，大家幾乎都忘了整夜沒睡的倦怠。所有的眼睛所有相機影機的焦點、所有的話題，全集中在面前這塊奇大無比的天然巨岩。

微曦姍姍來遲，在眾人焦慮中一線曙色若隱若現的在天邊露出微弱的薄光來，那面墨黑的大岩彷彿睡醒的美人，輕輕把面紗揭開，淡淡的從黯墨中化為深灰，輪廓已隱隱約約浮現了。

隨著歡呼的聲音起落中，深灰的巨岩漸漸幻化，由灰而成了古銅色，天際雲端那滾圓的大紅球在眾人來不及轉瞬中，快速的從地平線上剎那現形了。

晨光初顯，反射在大岩上，巨岩再次變臉，古銅色素一筆勾銷了。代之的是淺紅的艷麗，像一塊大寶石驟然從天而降，那麼理所當然的屹立眼前。人們的眼睛還來不及吸收這塊原住民萬餘年來視為「聖岩」的奇石至美容顏時，剎那間又再幻變為褚紅色。然後，在朝陽完全掛在天空時，名聞遐邇的艾爾斯大岩石迅速恢復了本來面目，淡朱古力的土色，大大方方的裸露在千百雙世人的眼簾下，任由眾人對焦錄影或拍相。

大家紛紛以不同的角度盡量按下快門，獨影的合照的好不熱鬧。我越過馬路，招呼了老伴婉冰，一起走進了瞭望臺，靠近了聖岩。可以清楚觀賞這塊已有大約四億年到六億年歷史的巨岩，面對的是在時空過程中岩身呈現不少風化和水化的痕跡，有大小不一形狀奇特的凹凸處。對這塊世界上獨一無二的最大「聖岩」，至今科學家仍不能破解其出處來源？

有說是深海沉積物聚成，在一億二千萬年前和澳洲大陸一起浮出水面？因為有不少各種魚類化骨在岩石內被發現。

另一說詞是太空流星石在數億年前墜落，三分之二沉入地底，只有三分之一浮在地上。這兩種說法都有破綻，故此真正的原因由於年代太煙遠，將成為千古之謎。

導遊帶領下我們從另一方向沿著聖岩腳邊小路步入，觀賞巨石的不同風貌，行行重行行，到了呈現口形處，有告示不準拍照，大家猜不透這個扁形洞有何奇特？都說不出象徵何物？導遊賣關子不講。經過凹狀入口處，竟如天然舞臺，石上雕塑原住民繪畫，有些洞穴是萬餘年來原住民的棲息處。自一九八五年澳洲政府正式把聖岩交還當地原住民安南古族（Anangu）管理後，同年十月二十六日該族人成立了管委會，這塊屬於Uluru National Park內的聖岩，同時被世界歷史文物組織劃入保護名單。有了專人保護管理，再不讓人在洞內居住了。

最後來到了仰望時彷彿是「袋鼠尾巴」的一處岩壁，也是嚴禁攝影錄像。導遊才打開謎團，前處洞穴是女性陰戶，為生命來源出處，最是神聖。鼠尾像徵男士陽具，是製造生命的源頭，同樣不可侵犯，故此聖岩這兩地才禁止拍攝。

回到攀登岩石處，原住民是不歡迎遊人登岩，告示牌再三要求尊重他們的風俗。但也為了滿足好奇心的人，網開一面設有攀爬扶柱。但多種不安全情況下管委會有權不開放登岩。聖岩高出水平線八百六十三公尺，岩頂高度實際是三百四十公尺，攀爬處傾斜四五十度，極之險要，失足至死的遊客從聖岩開放至今已有數十之眾。

導遊也一再擔心我們的安全，多次呼籲團友不要爬上聖岩。當日不開放，才讓盡責的Michael舒了一口大氣。

聖岩距離澳洲中部旅遊名城愛麗斯泉（Alice Spring）四百五十公里，屬於北領地管轄，每年遊客約四十萬，收費每人二十五澳元。在離聖岩四十五公里處還有一組三十六塊的天然大岩Kata Tjuta，其中最高的一塊離水平線是一千零六十六公尺。但因為是整組之故，就無法和地球上最大的艾爾斯岩相提並論了。

聖岩地面的圓周是九千四百公尺，大多數遊客的體力是無法漫步九公里多的行程。我們也不例外，唯有走了兩三千公尺後，就返回大巴，轉去較遠處取鏡頭，拍團體照留念，然後啟程前往愛麗斯泉繼續未完行程。

團友們都因能參觀變色巨岩而非常興奮，實在要謝謝「維省客屬崇正會」張顯民會長組團之功勞，也感謝敬業樂群經驗豐富的導遊Michael和專業的司機Mark的服務，令大家渡過了八天非常愉快的旅途。

二〇〇四年五月十五日於墨爾本無相齋

杜鵑花城

二十年前初臨小城，心情沉重，像有塊無形的鉛鐵壓著靈魂，怎樣掙扎也擺脫不了無處不在的憂慮糾纏。尤其與病入膏肓的媽媽重逢，目睹那一身瘦骨，往昔熟悉的慈母像換了個陌生人般，在驚慌中還要強忍淚水，有如掛上了兩個面具的戲子，時而歡笑時而悲慟，真情卻狠狠的掩飾起來，無非不想老母擔心。

和父親漫步小城，雖然繁花招展，美不勝收，但根本不知人

杜鵑花圍牆

已在花城中。那映眼的纍纍鮮花，居然視而不見，彷彿天上的白雲，風過處再無蹤跡。唯一留下奇怪印象的是民居的屋頂，竟然以四五十度的傾斜屹立，像美女要誇張她圓融高挺的雙峰，故意穿上蟬翼薄衫，任人觀賞。

幾年後再去，時值冬季，在零下二十七八度的苦寒中，大多是在溫暖如春的室內和汽車內。除了景物一片白，幾乎再無其他色彩，猶如原本畫好的一張彩繪被頑童把白色顏料倒了上去。街道整天都是寂靜無聲，像是在時空錯位的曠野裏，自己也不相信這塊清涼世界可以稱之為花城？

意外驚喜的是那天中午與老父散步前往墓園，在寧靜無聲的白茫茫雪花飄飛中，見到了那些傾斜的屋頂，緩慢的積雪輕輕的滑流而下，好像怕驚動空氣中的精靈一樣的小心。啊！終於明白為何小城建築物瓦頂要那麼斜，不然積雪會無情的堆疊終至壓垮房屋。

在鬧市中心附近的墳地，千百個的大小不一的德文墓碑中竟然有塊中文碑石鶴立雞群，那些德國幽魂無論如何讀不懂方塊字的內容。先慈想來也無法明白那大堆德文墓碑的記載，正好彼此無所拖欠。老父指著墓前已被凍僵的泥土上插著的大堆煙蒂，對我淡淡的說，天氣好的時候是他給老伴點燃上的香煙。居然不是炷炷清香，而是煙客們放在口中抽的香煙。望著身邊寂寞而深情的老人，經常步行幾十分鐘前來墓園，只為了給老伴點燃一枝香煙，我的淚水忍不住的湧出，彷彿被感動的是我靈魂的神祇，我是無權制止我肉體的淚泉。

回程時，無意瞄見高高的梧桐樹，偉岸的矗立街道兩邊，每顆樹的上半身處，都掛著一個比碗更大的圓盤，像樹膠園的橡樹掛著小碗好讓膠汁流下。但這些是梧桐而非橡樹，問老父，也說不出個原由來。

第三次重臨小城，是歐洲的仲春時節，不冷不熱的氣溫。走在路上，有種解脫鬆弛的美好感覺，心情格外的愉悅，有如趕赴情人約會的輕鬆和期待。弟弟已搬家，新屋門牌是一號，有個美麗的街名，叫做「杜鵑街」。還沒到達時，在飛機上已浮想翩翩，弟弟居處附近必定像個大花園，整條馬路也肯定全是杜鵑花了。

抵達後急不及待的就問弟弟，為何街名叫杜鵑那麼好聽？待久了的二弟一點詩情也沒有，笑著說小城本來就是有名的杜鵑花城，為期一週的年度杜鵑花展才過去，年年都吸引著歐洲的無數惜花人。我有點生氣，猶如面對的不是我的弟弟而是沒有半絲美感的外星人？有如此引人的花展居然不事先告訴我，反正要來好讓我在花展期中到，豈非一舉兩得。

在那幾週中，微曦初現，整個小城都沉睡未醒時，老父與我經已輕悄悄的出門，唯恐吵到仍然在甜夢中的弟弟一家人。父子在清新涼風中步行，飄送來的花香若隱若現。這時，才訝異於杜鵑街果然名不虛傳。其實不但是這條幾百戶的小街，從二弟家前往安葬先母的墓園，所經之處，庭前莫不種滿各色各樣的花草，最妙的是幾乎所有圍牆竟全是由杜鵑樹做成，而不是用木條或鐵枝或水泥圍繞。

時值仲春，正是繁花爭艷鬥麗的季節，生平對杜鵑花所知不多，也從沒有見過如此之多的同類植物。剎那中，杜鵑花排山倒海似的形成了一堆堆花浪，在我的眼前湧來，令我有點手足無措，有點痴迷有點驚慌和忙亂。像驟然被眾多妖嬈艷麗的美女包圍著，歡喜中不知如何是好的感覺。

細細觀賞，杜鵑花的顏色七彩繽紛，有純白、有淡黃、有紛紅、有淡紅、有紫色、有黃中帶白。不是一朵朵而是一纍纍，一纍中擠迫著七八朵、八九朵，好像穿上了新裝的少女們，急不及待的爭著要向你展示，讓你眼花瞭亂，無所適從。

從這家到那家，靠近每戶庭院前的圍牆，細心的觀賞，讓無數杜鵑花噴出的芬芳吸入我的肺腑，滋潤我那被震撼的靈魂。滿街的杜鵑花莫不爭著向我這個遠方的陌生遊人展顏歡迎。樹上除了盛開的纍纍鮮花外，還掛起了數不清的含苞花蕾，等待著熱情的開放。

再路過那兩邊植滿梧桐樹的橫街，聽聞或長或短極之幽美悅耳的鳥聲。仰望中意外瞧見竟有無數的黃鶯和麻雀，振翅繚繞在樹上懸掛的圓盤上伸著鳥嘴不斷的在吸水。原來那是放水的膠盤，德國居民恐怕鳥兒找不到水喝，定時把清水放上膠盤，他們那份愛心和對萬物的關懷，真令我感動。日耳曼民族之能如此強盛不衰，除了科技進步外，更重要的是文化教育及博愛精神。

第四次再到杜鵑花城是初冬，老父已臥病榻上，再不能和我晨起漫步了。那七週留歐目的是做為人子對嚴親的侍奉，每天陪伴父親，侍茶倒尿外，並為因糖尿病影響視力的老父讀書報和講解金剛經文。冷冷的寒冬中，室內卻洋溢著一份如春的溫馨親情。

翌歲再蒞小城，雖是春末，眼中再瞧不到似錦繁花，因為奔喪心情猶如世界末日般的悽愴。半年前才與老父朝夕相處數十晨昏，如今已天人遠隔。面對的是老父冰冰冷冷的遺骸，趕到殯儀館，盈握父親僵硬之手，禁不住淚盈盈的滾落。

杜鵑花城位於德國北部，離開百里梅（Bremen）機場七十多公里，小城名字叫做Westerstede，在鬧市附近的美麗墓園，先父母就在刻有中文石碑的墓地安息了。

數年前二弟已遷離了杜鵑街，在「貝多芬路」購買了房子。若前往德國時，是會再到杜鵑街漫步和徘徊，像是同先父在天之靈早已訂下之約似的自然啊！

二〇〇五年二月三日於無相齋

拉斯維加斯掠影

賭城拉斯維加斯（Las Vegas）這個地方名聞世界，是觀光重點，距洛杉磯兩百九十英里，約四小時車程。屬於內華達州轄區，本來是一片苦熱的沙漠荒野，像被仙人點石成金，建成了傲視世人的夢幻市鎮。

對賭博視為大害的我，前兩次赴美，想都沒想過要去賭城，主觀認為那有啥好看？無非是老虎機、各式賭桌，充滿污煙瘴氣的罪惡之處。

上月到加州探親，貼心的女兒預訂了帶我與婉冰及其外婆往賭城三日遊，原來老岳母在加州定居二十多年，還從未去過近在咫尺的拉斯維加斯。女兒也如此，有假期就趕著來澳洲與我們相聚，反而美國境內的名勝無暇涉足。

十一月二十二日天未亮就到了舊金山機場，九一一事件後我首次蒞美，見識了「如臨大敵」的氣氛，過關檢驗絕不隨便，連鞋子、褲帶、小錢包、相機等全要通過關卡電視X光鏡驗証。檢查後人到了那邊，有點手足無措，又要穿鞋又要扣上褲帶，勿忘錢包、相機、手提袋，真個狼狽。而我還要被請到另一方作超聲波測試，因為衣袋中有眼鏡和鋼筆忘了掏出來。

飛機準時啟航，九時許安降目的地，出到候機處，兩排老虎機笑呵呵的閃著燈盯著來客的錢袋。賭城果然名不虛傳也，我停過數十個不同國家的大小機場，還是第一次見到機場內候機室、通道全安置了各式各樣的老虎機。無聊而好賭的過客正中下懷，不少人忘形的面向吞食錢幣的機器，真怕他們忘了班機起航時間呢。

機場到酒店不用十分鐘，連貼士十美元，（美國服務行業全要給小費，餐飲業更規定是總消費的百分之十五。）酒店入住時間原定是午後三時，櫃檯小姐說後座可以立即登記，無非一宿，能爭取多些觀光時間至為重要，自然不計較前園或後方了。

收了門匙卡片，放下行理，便拿了地圖出去，大廳就是賭場，任何住客出入、必經通道，處處充滿了誘惑，這些設計想是心理學家的貢獻？

行出戶外，不意寒風襲人，沒料到氣溫比舊金山冷多了。陽光明媚，卻難擋苦寒。

止不住的鼻水如泉，真是體力不耐，竟比不上老岳母。對街那座巍峨巨型建築，標誌是「MGM」，也不知全文是何義？單是外觀的氣派，就夠攝人，想起號稱大洋洲第一的墨爾本皇冠賭場，比較下卻是小巫見大巫了。所謂天外有天，果真不虛。沒來前，總認為墨爾本這家萬方矚目的賭場，真夠瞧的了，原來不外如此。

午餐就在這巨大建築物內享用西餐，餐廳像森林，頭頂全是各式各種飛禽走獸，會動會發聲，還有的是極大的魚缸，七彩游魚在玻璃缸內悠然自得，幽美寧靜，假山流水聲中，彷彿人在山中，感受極妙。餐廳的環境居然可以令食客除了美味口福外，還有著身心皆爽的享受。侍者服務週到，笑顏常開，令人賓至如歸。

飽食後再到戶外，已沒先前冷凍之感。我們沿著Las Vegas Boulevard South這條賭城最主要大道漫步，行人路極寬闊，也還是人潮如鯽，十之八九皆是來自全球的遊客，男女老幼各式人種都有。大道上車如流水，觀光巴士與計程車佔多數，也有人力車，可乘坐三人，居然有女士操此苦業，真難想像她們的腳力如此強健？

經過了阿拉登館（Aladdin），略為觀望，內裡人聲喧鬧，沉淪賭檯者為數不少，一片污濁空氣，賭徒十之八九是吸煙者，吞雲吐霧，怕二手煙的人避之則吉。

艾菲爾鐵塔矗立眼前，彷彿又到了巴黎？凱旋門也在身旁，難道是做白日夢？非也，法國巴黎館就在此，星光白雲下，歐洲風情盡在此處展露風情。偶然抬頭，竟發現有不同的星星，雲彩和月亮，才知是人造天空，令人錯覺誤為是在星月下玩耍。

女兒帶路趕著去訂「紅磨坊」歌舞表演，前座和中央皆已售罄，側邊尚有，每位六十美元，趕緊購票，以免向隅。返回巴黎館中找到一家西餐廳，用過精美法式晚餐，再步往左方Bally's賭場內大型的歌舞劇院，相機不許攜入，要寄放院外託物室。

七時半準時開幕，在九十分鐘內演出的多場節目，令觀眾得到極盡聲色之娛的視覺聽覺最高享受。無上裝的美女群和俊男們，真是千挑百選，舞技出神入化，布景變化多端，配以科技。單是「鐵達尼號」那場表演，已令人嘆為觀止，郵輪沉沒海水湧動，大火焚燒，如真似幻，都是布景功能。看了賭城的世界一流表演後，其他地區的表演也不必再觀賞了。

翌晨去近在住宿處左方的Tropicana酒店內享用香檳早餐，然後參觀美輪美奐的Mandalay Bay大酒店，其豪華高級和金碧輝煌的佈置，令我如鄉巴佬般目瞪口呆，真正感受到資本主義美國紙醉金迷的生活。

中午趕回酒店，約了定居賭城分別近三十年的老友，「風笛詩社」的詩人異軍兄見面。故人別來無恙，彼此一眼就已認出，前塵往事頓湧，真如在夢中，自是感慨良多。老友帶我與婉冰到華埠觀光用餐，再去他府上小聚，二層居屋也只是他夫婦二人住宿，女兒出嫁後另築新巢。嫂夫人要上班，無緣相見，原本要晚上宴客，但我婉拒老友盛情，因為女兒已訂好節目。離別三十秋，換回三小時的重逢，再分手，也不知何年月始能再見了？老友送幾份玩具給我孫兒女，買了兩種當日中文日報及礦泉水相贈，盛情濃郁。

老友告知勿要錯過新賭場Bellagio的音樂噴泉，當晚我們便趕往參觀這座以十六億美元建成的大賭場。是在巴黎館的對面，過天橋，上下乘電梯，不良於行的老岳母拿著手拄，兩天來也興致濃濃不覺辛苦。行行重行行，眼前的各式耀眼燈光，把夜顯得璀璨奪目，美不勝收，真非拙筆所能形容於萬一。

經過蒙地卡羅館，被巨大的石雕吸引，非洲情調另具特色。音樂噴泉每半小時演出一次共十分鐘，巨大水池早已圍滿觀眾，冷風中人人靜待。水面如鏡光亮，忽然交響曲流瀉，池面湧出一片霧氣，氣體瀰漫擴散。水柱倏而上升，如蛇蜿蜒，時高時低，隨著音樂，水柱水花變化多端，令人目不暇給，真是美的極至啊！心中閃出詩意，「水之舞」這首詩的靈感已深深印存腦中了。

Bellagio除了門外精彩的音樂噴泉表演吸引大量觀眾外，其海鮮自助餐也是令遊客趨之若鶩，長龍隊伍幾百人，每位花費二十五美元任食各種海鮮美點。

劇院的門票一百七十元、一百四十元及一百元等三種，女兒介紹上演的主題是水，舞臺用十五頓水造成，每夜演出二場，要購券時才知是預售三個月後的，真令我意外。一百八十場的門券竟已被訂光，要欣賞此表演就要三個月重臨，難怪是世界第一流的舞臺表演了。

第三日我們乘免費輕鐵匆匆觀訪了古堡式的Excalibur，內有中世紀式的武士肖像，外觀建成堡壘形，別具風格。再轉去目的地金字塔Luxor，這座大門外有巨型人頭石獅及高矗金塔迎賓的賭場，面積和十六億美元造價的Bellagio不相伯仲。

這座仿照金字塔建成的大型賭場及酒店，氣勢極之豪華，金碧輝煌，裝飾的各式各樣雕像是人們留取影像的最佳背景。很難想像的是傾斜向上的四壁，幾十層中有近千間客房，我好奇的張望，竟不知電梯及升降機在何處，也想不通四十度角傾斜如何用升降機？

我們觀賞了在二樓的IMAX電影院上演的一部「古堡探險」的立體影片後，婉冰陪老母親玩老虎機，女兒陪我參觀博物館，門票五元，錄音說明，雖全是仿製品，也可明瞭古埃及金字塔建築結構和其文化的內涵。

劇院也在二樓，此外尚有售賣紀念品的多家商店及餐廳，真是一座現代化的「金字塔」，集文娛聲色飲食玩樂於一處的高級享受場所。

黃昏前趕回酒店退房，到機場始知飛機誤點，起飛時已入夜，不意在揮別賭城時，機窗外正好把整個拉斯維加斯最繁華的賭場區映現，像千千萬萬顆珍珠和鑽石被撒下地面般，閃爍生輝，璀璨耀眼，美到了極點，真是如真似幻。鬼斧神工的奇特城市，若非親臨，實難相信。

三天兩夜遊，其實只觀光了三分之一，全部近六十家酒店賭場，我們只參觀了不到二十家，有機會還要再前去見識那三分二來不及欣賞的各式風光，雖猶未盡興，此行也真令我大開眼界了。

二〇〇三年十二月十四日於無相齋

哥打京那巴魯

人與人間的認識存在著緣份，人與寵物、與定居地、與住宅、與物品也都逃不開緣的因由。甚至旅行，要到那一個城市也一樣有著不可預知的緣在作祟。

在我心中想要觀光的風景區，從來就沒有「哥打京那巴魯」（Kota Kinabalu）這個連聽也沒聽過的地名。直到三月十日與婉冰乘馬航從新加坡樟宜機場飛抵這個婆羅洲內的城市時，我還只知道已到達了東馬沙巴州。

三子事先在電郵中問我們要到那兒旅行？首先想到韓國，新加坡作協艾禺副會長傳來該地幾家旅行社的網站，就尋找七、八天的短程。選定後，才知該國氣溫仍在零下，太冷不好玩。又想到昆明，但進入中國要簽証，時間已很緊迫。小兒子建議東馬，說那兒不錯。聽到沙巴，立即想起詩人馮學良和琉璃夫婦，神交至今仍無緣相見，正好和這對「風笛詩社」後起之秀的笛弟妹會面，就敲定了。

航機晚上降落，機場燈色自然無法和香港媲美，順利出到閘口，已見酒店接機者高舉著我們的名牌，十分鐘就到了「絲綢港灣渡假村酒店」（Sutera Harbour Resort）。對這個小地方，想像中所謂五星大酒店，無論再大，也是有限。可是車子進入酒店專用通道時，我已驚訝萬分的修正了自己原先的孤陋寡聞。眼睛早被連綿的馬來式建築吸引，這座佔地一百五十英畝擁有二十七洞高爾夫球場的渡假村，是我至今到過的五星酒店最大的一家。一踏入大堂，已被它宏偉典雅的氣派震撼，接待處的空間設有迎賓舞臺，到處聽聞淙淙水聲，彷彿人已拋離了俗世紅塵，身心傾感舒暢。

辦完入住手續，睡房在六樓。由於去年海嘯，兒子擔心我們面海會有陰影，居然把房間訂在面向公園那一棟。翌日，發現面海處景色美不可言，像極了水彩畫美不勝收的畫面，即要求換房。轉到見山面海處，往後六天果然身心爽快極了。縱不外出，只要打開百葉窗簾，波濤山色已湧入眼裏，彷彿那遠山那海浪在對我呼喚，人已在山水中，寧靜輕鬆愉悅，宛若我就是這片山水中早已存在了的點綴。

每天從早八時起到晚上九時，酒店的大巴免費往返市區，在市中心設下四個站。在櫃臺報名，巴士一到，點名上車，客滿就要再等一小時了。我們急不及待的搭上九時的第二班車，十分鐘後在市區第二站下車。清晨，想不到熱浪已襲擊，趕緊進入商場大樓，到處冷清清，店門深鎖。往來竟都是同車的遊客以及一些早到的職員，查問始知是十時才開店營業。

無聊的四處逛街，等到店鋪陸續開門，先找電話卡，那些馬來職員，竟多不會英語，一問三搖首。後來，遇到華人店員，令我們感動的是，不論是老是少，是男是女，都非常友善熱心的指示。一位中藥店的老闆、一位沖相片鋪的小姐、一位在鞋店買鞋的女士都笑容可掬極有耐心的回答我們的問題。

馮學良詩友推薦的「大眾旅行社」是該市最大的一家，也靠那位小姐的指點而找到。接待的吳小姐（Priscilla Ng）敬業樂群的服務態度令我留下極佳的印象，由於完全信任詩友的介紹，又因為吳小姐的良好專業，我們定下了兩個不同的旅遊點。

熱浪令婉冰花容失色，訂好旅程，回去商業大樓找到食物中心、地道的馬來餐，要自己挑選菜餚，放滿碟上才還錢。新鮮椰子汁每個只有二零吉（一澳元換三零吉），我們幾乎每餐都要喝椰汁水，清甜又解渴。

學良詩友一再提起要觀光「亞庇」市，他卻不是住在該市，而是在山打根，相距要六小時的車程。到了沙巴後，終於搞清楚，他所講的「亞庇」，就是華人對「哥打京那巴魯」的慣稱，是沙巴州的首府。而山打根是沙巴州的另一邊城市，除了和他通電話，我們還是緣慳一面。唯有期待下次開會，有緣總會相見。

到沙巴若不去神山，等於入寶山空手回。訂下的旅程神山是免不了的，那天全團竟只有我們夫婦，司機是馬來人，導遊姓李，生平還是第一次參加旅行團是二人成團。感覺還真好，因為導遊說全由我們作主，半路見到水果，停車買了兩打果后山竹，只是八零吉（澳洲兩打是三十澳元），婉冰買了一個山地榴槤即時四人分享，也購了才一零吉一公斤的小香蕉，木爪一個是二零吉，便宜到想起都會笑。

爬上五六百級山徑，要過三道連接而搖晃不定的Poring雨林吊橋，共長一百五十八公尺，心驚膽戰步步為營的在離地面四十一公尺高的樹梢上橫過對岸，走完後，我們已汗濕襯衫了。

下山泡了半小時溫泉後，就啟程到了神山的接待處，已是海拔一千五百六十三公尺，參觀展覽館、聽導遊講解各類奇花異草及神話傳說。走出門外遙望山影，山峰已包裹在白霧輕妙中，神山彷彿是害羞的新娘，不願以真面目示人。登山要兩天一夜，只適合體力好的中青年人。普通旅客都是來到展覽館這處登山接待處，我們從展出的相片以及導遊口中了解一下神山的種種。黃昏時回到了酒店，享受了豐富可口的海鮮晚餐。

第三天我們的一日遊多了位日本女客、兩位香港的青年人，說說笑笑的去百多里外的紅樹林參觀長鼻猴和螢火蟲。日本客會一點英文，她叫幸子；港客姓梁，女的姓張。彼此都是首次蒞臨沙巴，渡假無非要把太閒的時光花完，才可再回紅塵應戰。因此，只要有任何短期旅程，能參加的都會報名。

午後二時正出發，我們前後花了五小時在小巴上，然後游船河三個多小時，來來回回的尋找沿河兩岸在樹上逍遙自在的那幾隻長鼻猴。說真的，幾部汽艇上的遊客們，看在那幾隻小猴眼中，一定認為我們才是來讓牠們取笑的笨蛋呢。租了望遠鏡，也無非瞧到牠們跳來蹤去的小小姿影，在動物園還能面對面的與猴子們打招呼。

天黑後，終於在不同的樹上見到幾百點閃閃爍爍的螢光，遠見宛如的聖誕節的燈飾，近看也是無數小小螢火在閃爍。如此而已，能見到就是不虛此行啦。登岸用過馬來餐，回到酒店已經是深夜十時了。

本來預訂參加離島觀光，但從資料上知悉若不會潛水，到了島上幾小時會很枯燥無聊，又怕暈船，還是放棄了，把省下的錢花在酒店內的按摩院裏，讓專業按摩師對我們的身體又搓又揉又按，舒服得想進入夢鄉呢。

餘下的時日，到市區逛街，婉冰對逛商場是不亦樂乎，我卻怕怕，但又不放心她孤身亂走，唯有亦步亦趨。因為亞庇市「的士」車由於要講價，而不照里程表計算，令大多數的遊客卻步，寧願花時間等酒店的大巴，也不敢搭「的士」。要想吸收外地大量遊客，沙巴州政府應該對供遊客使用的「的士」嚴加管理，收費方法改進也是當務之急。

沙巴之旅，印象最好的就是當地華裔濃郁的人情味，在商業社會裏這種對陌生人彬彬有禮的態度，已經很少見了。純樸的社會才會有那麼多單純和真誠的居民，那兒的生活水平也低，能在那兒過活，相信平淡中也會很幸福。

回到十里紅塵，這幾天，腦中還經常顯現「哥打京那巴魯」那一張張親切的笑臉，想起時心中都溫溫熱熱。

二〇〇五年三月三十一日於墨爾本

班達堡折騰之旅

內弟伯誠自美國飛來參加幼兒的婚禮，為盡地主之誼，與拙荊陪他前往黃金海岸、雪梨觀光，選擇了參加七日航空巴士團。

八月十三日清晨四時半由榮哥伉儷送我們到墨爾本機場，乘六時的早班機直飛昆州，兩小時後已在被濃霧繚繞著的布里斯本上空盤旋，無法降落而轉去另一個小機場加油，再起飛十五分鐘，終於平安抵達，比原定時間遲了二小時，接機者把我們送去「電影世界」門外，交予團隊的司機，和從雪梨來的阿May四位經過傾談，都放棄參觀華納電影。

午後會合了全車團友，先到布里斯本市中心河畔拍拍照，出師不利的鬱鬱心情已被布里斯本美麗溫煦的陽光把它一掃而清了。只有四十分鐘逗留，不能約昆州作協的兩位前會長蔣中元兄及洪丕柱兄出來一見，實在可惜。

大巴開往五百餘公里外的班達堡市（Bundaberg），六七時的車程都在暗夜裏，什麼田園風景皆被黑幕包裹著。子時已近才入住簡陋的小旅館，睡蟲纏擾無暇計較。

晨曦微露，整裝集合，半時後到了碼頭，票價頗貴，每人一百四十元，目的地是外海的大堡礁，旅行社的宣傳包裝是：

早上開始充滿刺激的珊瑚礁之旅，大家乘遊覽船往欣賞大堡礁珊瑚海岸及親身體驗大堡礁的大自然環境。

船開行不到十分鐘，頓覺天旋地轉，我與婉冰趕緊扶梯而下，到下層艙內覓位坐，前方有位大陸來的外科醫生項大夫，生平沒乘過船，受不了風浪而大吐特吐，最後倒睡艙板，吐聲起伏，刺耳難聞之音彷彿被感染開去，前前後後的男女老幼唯恐輸陣，此起彼落，服務生忙者回收膠袋及送出新膠袋。

我的胃開始翻滾，隨著波浪有節奏的收縮，左側內弟臉色青白，手持膠袋，右方婉冰閉目竟然神色自如，原來她出發前吞了止暈藥片，給我一片卻被我拒絕，早知如此難受，真不該硬充好漢了。

忍了近兩小時，關防一破再難收拾，真是不吐不快也，胃內的殘渣餘滓都吐出來後，口水鼻涕眼淚所有能流的東西，莫不競相奔馳而湧，黃膽水也不甘落後的沿著喉管湧溢，前後吐了五六次，身體如棉花般軟弱，才明白項大夫要倒躺於地板了。

終於到了目的地，慕絲格菲夫人島（Lady Musgrave Island）哈！竟然以為再次回到二十多年前逃難時貨輪擱淺的印尼荒島，除了此小島有較多的樹木外，幾乎是一樣的荒蕪。

分批用小舟送我們上島，涉水行十來步登陸，遊船的女嚮導鄭重的告戒所有人，不能踏在淺水上、不能撈海參、不能捉魚蝦、不可弄壞珊瑚礁，島上的所有樹木都受到保護。真令人想笑，如此誇張的神色，才能讓我們以為「不虛此行」吧？

像這樣的荒島，印尼就有七八千個之多，澳洲海域內外也多不勝數，真正的大堡礁是在凱恩斯（Cairns），為了賺錢，竟然可以張冠李戴，來個混淆，返正遊客是否上當，也不可能來兩次？

小舟又把我們送回遊覽船，用過供應的自助午餐及水果，大家分批乘半潛水的小船環繞浮臺一圈，十分鐘左右，透過玻璃窗觀望淺海中的魚群，珊瑚礁則清一色的土黃，並無引人的彩色，原來這兒是澳洲東海岸連綿數千公里的珊瑚礁起點，所以只有那麼稀少的珊瑚。水中有一群又一群的魚兒悠然自樂的游動，還有一隻大烏龜伏在礁石上。幾位同遊的洋青年們穿了潛水工具在水中潛游，會潛水的人來此算是來對了，至少有兩個鐘頭可以在清綠的碧波下和魚兒共樂。

午後三時正返航，回程前我先吞了止暈片，半途停船觀看鯨魚躍出水面，波浪洶湧顛簸，胃酸又作怪，止暈藥也失掉效能，開航不久，我再次把肚內午餐全吐光了。

抵岸時已入夜，充飢後返到黃金海岸是凌晨二時。細細計算從墨市乘飛機、再轉巴士、搭遊覽船，海陸空的交通工具全用上，單程共二千五六百公里，辛苦了幾十個小時，竟是去一處荒涼小島嶼，看一看游魚，瞧一瞧繚繞島邊水下周圍幾堆絕不吸引的珊瑚，在回途的船上，團友們莫不大呼上了大當，花錢買罪受是共同的感覺。大家都說回去後一定要告訴親友們，千萬別到這個景點來。

導遊說，觀光地都是經過包裝宣傳的，出來旅行莫抱太大寄望，也就不會太失望。其實，賺錢也要有誠信，不該誤導遊客，應該先把實際情況對顧客講明，如會游泳、會潛水者，值得一去。年長者、孕婦、兒童、體弱者、不禁風浪者，皆不適宜到這個假冒大堡礁的「慕斯格菲夫人島」受罪。

若全程把這個一無是處的荒島取消，改去其他景點，或縮減兩天的路途，一可減少花費，二可節省光陰，三遊客也能少受活罪，四可保存旅行社的信譽，豈非更好嗎？

同時導遊也該事先向團友們說清楚，如怕風浪者事先一小時就要吞食止暈片，開船後發現難禁顛簸，再用藥已太遲了。

全程的各處旅遊地的門票，如是持有澳洲政府發給的老年優惠卡、傷殘優惠卡者，最好自己購買入門券，可以得到特價，如在雪梨參觀剪羊毛、乘馬車、享用自助餐等票價共為五十元六角，上述人士則只要付三十三元。

在黃金海岸打電話問候蔣中元兄，這位神交已久對我厚愛有加的文友，高興也意外，立即熱情要約我相見。以前多次來信邀我往昆州，並要招待我到他府上作客，盛情令我銘感於心。此次路過而無法安排拜訪這位昆州鼎鼎大名的長者，真是愧對老友，也是我此行最大的損失。

到雪梨限於時間，只能約老友陳文壽伉儷見面，他並在歌劇院附近海港邊的西餐廳宴請我們，美酒佳餚中互聚別情，實在人生快事也。

七天時光溜過，終於回到家了。深深體會到無論廁身何處，最最安樂舒服的地方就是自己的家。

二〇〇三年八月二十三日於墨爾本

紐西蘭田園風光

年青時讀桃花源記，對那片美麗的世外桃源充滿了無限嚮往，擾攘紅塵何處可再覓如此仙境呢？心中煩憂時不免想到若能遁隱，就該有桃源勝地，方可享福。

移居墨市後，對這個盈溢文化氣息的花園之城，也已心滿意足，此生無憾了。去過的地方越多，感恩心越重，墨爾本已不愧是人間淨土，夫復何求呢。

每次外遊莫不跑到老遠的歐、美，近處也都離不開東南亞諸國，當然免不了海峽兩岸，去親炙鄉土的芬芳，那是炎黃子孫血液中與生俱來的親情，捨不去割不斷。所謂鄉愁，並非詩人墨客的無病呻吟。

與澳大利亞一海之隔的近鄰紐西蘭，這個以羊毛和奇異果聞名世界的小國，總無法引誘我前往觀光，一則因為太近，人往往會捨近求遠，我也一樣，老想著三個多小時的飛行時間，和去西澳差不多，什麼時候提起行囊即可跨海到達，不急吧，如此一拖竟拖了二十多個春秋，真不可想像呢。

上月再遊美國，本想回程順道去日本探望兒子，看看他在東京的居住環境，他去年底從新加坡轉去東洋，電話中多次邀請。我心底對日本這個侵略國始終耿耿於懷，因而從沒想過要去「倭寇之境」。所以動心，無非父子之情讓我暫忘「國仇」之恨。可正要訂機票時，好動的老三來電，說四月安排了到香港參加帆船大賽，目的地是菲律賓，那段時間很不巧，因而日本之行唯有作罷。

旅行社建議日航改紐航，機票反而省些，也可順道停留。腦內立即想起不久前才榮獲英女皇頒發「女皇服務勳章」的誼妹林爽，經已多年不見，正好前往相聚，也同時可拜訪大名鼎鼎的奇異網主游子先生和笛妹孟芳竹，於是無意中完成了我順遊紐西蘭心願。

豈知行程定後，阿爽才告知她要回港祝父壽，我離紐國的翌日她始回家，真是錯之交臂。到達時，她卻安排了熱情的夫婿榮基宗兄接待，讓他足足忙了兩天。

見到神交已久的黃游子兄嫂，這位物理學家的詩人用他的名車「積架」導遊奧克蘭的美麗沿海線，茶聚自然有說不完的詩壇文壇與國是。而任當地華語電臺主播的詩人孟芳竹，分身乏術，我無法連絡到，卻只能在游子兄座車中聆聽她的廣播節目，雖然只聞其聲不見其影，總算能聽到她悅耳的聲音，也感親切。

十九日參加一日遊前往距奧克蘭三時車程的Waitomo Caves，目的地是千年鐘乳洞。一車的遊客，莫不在大巴開行不久後就趕緊找周公尋夢去了。正合了現代徐霞客旅行常規：上車睡覺、下車尿尿、到處拍照。

我在車中如交響曲般的鼻鼾聲中，專心注目窗外，車速約八十公里，遠離了市區後，映現眼簾的居然是美如仙地的一幅幅田園名畫，方方正正的窗框，恰如鏡框，正好把畫框著，隨著車的移動，畫面自然也一直在轉換。因而，才讓我喜出望外，因為若長時對著一幅名畫，眼睛也會厭倦。但出現的是完全不同角度的畫面，那份變化多端的極美，讓我的雙眼享受到自然的鬼斧神工的揮毫，再高明的畫家，也無法把天地間的至美如此一一呈現。

遠遠近近的山巒，濃濃淡淡，青中帶黑，灰裏有白，不是那種崇山峻嶺式的連綿，而是山與丘的糾纏，互相依偎著，如長帶，如生生世世不捨分離的彼此纏繞。山上是青天，白雲片片，浮游飄動，或成團或如彩帶，悠然於空中，散漫於山腰山頂間，虛實有無的若隱若現。

山麓伸展至眼前，是一望無垠的草源，那份青綠，讓眼睛百看不倦，綠釉釉的一片連著一片，前前後後，都是淺淺深深的綠，有些草地，空得讓你心慌，那些讓你會心微笑的是，三五成群的牛羊，徜徉在青草坡上，啃著芬芳的綠草，想像力飛馳中，那必定洋溢著無比的清香，可惜人在車內，無法像牛羊般去試嗅鮮草的美味。

悠悠天地的寧靜中，草坪上偶而見到農舍，淺紅的屋頂特別顯眼，那是現代化的居所，彷彿要讓滾滾紅塵中人仰慕似的，老遠就映入視線。單門獨戶，沒有左鄰右里，孤單的屹立在一大片青蔥草源上，點綴成了完美的圖畫。

經過了小鎮，再往前行，美不勝收的田園風光，以千姿百態的一一呈現在我的眼簾，那些連接的山脈，變化無窮，而最令我神往的還是那無盡的釉綠草地，難怪紐西蘭的牛羊會那麼壯肥，盛產的乳酪鮮奶會那麼美味可口。

心中想起古老的桃花源，和這個美麗的國土相比，桃源地再美，也已渺渺於神州千年的煙坡中了。而這方淨土，卻美在眼前，若能在此終老，真是萬世修來的大福氣啊。可以整日面對青山綠草清風明月，遠離塵世的是非恩怨，要過隱世的生活，這兒是最最理想的聖地淨土了。

參觀了千年鐘乳洞及水道中的奇景後，午後回程時，另一方向的窗外美色，再讓我整整三小時中驚艷莫明，感動震撼，不忍把眼睛轉移，真正領略到了畫與景交融，景與畫一體，天地至美的景觀了。

比起那些上車睡覺的現代遊客，我的收穫又豈是他們所能了解的呢。我不帶相機，旅遊不再拍照，但自信收入眼中存入腦內的圖畫，比相片更多更美更真。

參加奧克蘭到Waitomo Caves一日遊，驚艷於我的竟不是鐘乳洞中千奇百怪的鐘乳石，而是沿途兩邊的優美極至的田園風光。無心之得，真是強求不來的啊。

二〇〇六年四月二十九日於墨爾本

汶萊皇宮國宴

汶萊屬於婆羅洲大島中之一，也叫婆羅乃，全名是汶萊達魯薩蘭國（Brunei Darussalam），首都原名汶萊市，一九七〇年現任蘇丹為表彰其父（前國王）功績，而將前國王的封號「斯里巴加灣」（Seri Begawan，意為光榮神聖）改為市名。

全國面積五千七百六十五平方公里，人口三十餘萬，華裔佔百分之二十。馬來語為國語，英語是第二語言；伊斯蘭教為國教，佔百分之六十五；此外還有佛教、道教與基督教等。該國是東南亞第二大產油國，液化天然氣的出口居世界第二位，是全球最富有的國家。因為國家有太多財富，故國民享有免納稅福利。汶萊幣值與新加坡幣同等，氣油每公升只售零點五元。

二〇〇四年才成立的「汶萊華文作家協會」，在孫德安會長創會後，即承擔了接辦「第六屆世界華文微型小說研討會」。於二〇〇六年十月底，邀請了世界近百名作家、學者，在首都弘景大酒店一連三天舉辦文學盛會。

會議期間適逢回教開齋節，亦是國王六十大壽，全國充滿節日快樂氣氛。十月二十七日早上報到後，十一時安排所有出席的嘉賓們乘二部大巴前往皇宮覲見蘇丹王。（當早趕到的還有兩月前專訪墨爾本及雪梨的日本三重大學荒井茂夫教授、新加坡作協黃孟文博士率領的十一位代表團。）

汶萊蘇丹大名是：哈吉・哈桑納爾・博爾基亞（HaJi Hassanal Bolkiah），二十一歲繼承王位，成為汶萊第二十九代蘇丹，留學英國軍事學院，獲上尉軍銜。他興趣廣泛，喜愛駕車、游泳、射擊、網球、羽毛球，也是出色的直昇機駕駛員，最喜愛的是馬球，擁有良馬兩百五十匹，馬廄還安裝空調。

到達皇宮，時間還早，作家們先在護城河畔拍照，舊雨新知忙著交換名片和合影。未久，鐵閘大開，由於我們是來自全球的華文作家，故特許大巴直駛入皇宮內大道，不必如當地人民要排隊步行好長的一段高波路。

這是世界上有人居住的最大皇宮，總共有兩千間大小不等的房間和辦公室，若皇帝邀約到宮中留宿，條件是要每夜留住一房，也要五年餘始能回家，哈！還是免了吧。

到達大禮堂外，見到長龍隊伍，在警衛指揮下井然有序，男女分排進入大宴會廳，各色各樣的佳餚有專人侍候，種類繁多的食品，想要的遞出紙碟，冷熱飲料、甜品任君享用。放眼望，少說也過千人眾，而隊伍仍不斷陸續到來。

用完盛宴後，排隊覲見國王，女士們則另一方覲見皇后娘娘。兩旁三五步間隔站立著微笑的大內侍衛，沿途皆有冰水紙杯供應，真是設想週到。終於到了，進入了一座其大無比的宏偉禮堂，以為是金鑾殿，上千座位讓來賓休息等待，我與馬來西亞的知名作家小黑（陳奇傑，中學校長）和印尼華文作協會長袁霓的十六歲兒子並座，其他作家、學者分散前後排。

未久被請起身，隨著隊伍慢行，左轉右彎，來到的地方又是一富麗堂皇的大廳，魚貫而坐。但見當地人民歡天喜地的談笑，衣服色彩鮮艷。我們事先被照會不能穿黃色，那是皇家特有色彩，也不可穿牛仔褲。女士們不能穿短裙，當然勿要露背低胸。

大約半小時後，我們又起行，行行重行行，終於覲見國王了。這位六十歲的汶萊蘇丹保養良好，以為是四十餘歲的中年人，留著八字鬍鬚，立在一行八人之首，不拘言笑，面無表情的伸手和來賓一一相握，樣子好倦。依次是其弟、王子，及我也不知其身分的皇親大臣，都和我們握手。

從十月二十五日開齋節開始，到我們覲見時，蘇丹及那七位王親經已接見了近四萬各界男士及國外貴賓，不累才怪呢。另一處內宮的皇后和嬪妃們也如此，女士們比男人更多，據婉冰告知，皇后仁慈並開金口，用英語詢問她是否來自香港，婉冰回答是墨爾本，她連說歡迎歡迎。第三妃子美艷極了，除了皇后，所有妃子及公主均不能正立，而是斜身而站。

離開時，經過一處長廊，人人均獲一份禮品，是一個印有汶萊皇家徽號的黃色盒子，內中有蘇丹相片及賀詞一張及塞滿整盒包裝糖果、餅乾。我為了陪小黑去領回相機，出到第一處大禮堂正門，我們作家團的車子正好開動，留下小黑、胡德安博士、陳小帆（袁霓之子）和我四人，差點淪落皇宮呢。幸而小黑的馬來語很地道，最後始能出到宮外與作協團體會合。

回程時，大家津津樂道，生平第一次進皇宮，首次見到皇帝老爺，女作家女學者們首次見到皇后和妃嬪。獲到民主的蘇丹接見，不必跪拜行禮，真是難得的一次經歷。在皇宮內享用午餐，雖無皇帝在座，由國家宴請，當然也算是國宴啦。

汶萊華文作家協會的特意安排，令予會的世界華文作家、學者們有此殊榮，都很感謝孫德安會長及該會理事們，使到大家極高興愉快。

二〇〇六年十一月一日於墨爾本

瞻仰中山陵

到上海參觀世博會後，接著的華東八日行，收獲最大的是能瞻仰南京中山陵和到杭州岳王廟謁拜岳飛父子，並意外在西湖畔秋瑾烈士栩栩如生的立像前，遙想辛亥革命時這位年青女英豪就義犧牲、可歌可泣的悲壯場景。

自小學起到中學畢業的九年快樂時光，學校無論舉行任何典禮，禮臺上必定高懸國父孫中山先生遺照。儀式開始前都要先國父行禮。童年歲月深入腦袋的相片就是國父遺照，從老師口中知道了辛亥革命推翻滿清皇朝的歷史，自然對這位開創中華民國的世紀偉人，衷滿了敬仰。

十年前邀請到國父嫡孫女孫穗芳博士蒞臨墨爾本，掀起了一股購買國父傳記及聆聽孫博士演講的旋風，也因此成立了「國父孫中山先生銅像籌建委會」，準備明年在慶祝中華民國開國一百年時豎立。五年前我在史賓威中華公學圖書館開辦的「大新倉頡中文電腦班」，接受該校前理事長梁善吉先生的建議，上課前必請全班同學起立，向國父遺照行三鞠躬禮，以示尊敬。

終於有緣親臨國父陵寢，向這位我最尊重的偉人致敬，真是激動無比。九月五日午後團隊到達了名聞遐邇的中山陵，導遊說明回程集合地點與時間後，團友們便開始拾級前往陵寢處。

中山陵坐落於南京紫金山東峰小茅山的南麓，東毗靈谷寺，西鄰明孝陵。主要建築有：牌坊、墓道、陵門、碑亭、祭堂和墓室等。

入口處立著一座花崗石牌坊，雕著國父孫先生手書的「博愛」兩個金字。從牌坊開始到祭堂，在三十五度高溫炎陽下一級級上去，專心細數花崗砌成的石級；共經過八個平臺略作休息，總共是三百九十二級，到達祭堂時，已氣喘喘了。

映眼祭堂建有三道拱門，門楣上雕刻了「民族，民權，民生」橫額，和國父手書「天地正氣」四字。步入堂內，是國父栩栩如生的大理石坐像，高度四點六公尺，是世界著名雕刻家保羅蘭竇斯基的傑作。

座像四周浮雕是反映孫先生當年革命事蹟，護壁大理石上刻著國父孫中山手書的遺著《建國大綱》。堂後有兩重墓門，兩扇前門用銅製成，門框則以黑色大理石砌成，上有孫先生手書「浩氣長存」橫額。二重門為獨扇銅製，門上鐫有「孫中山先生之墓」石刻。

門內圓形墓室，中央是長形墓穴，上面是國父漢白玉像，下方安葬著國父孫中山先生的遺體。遊客都爭著拍攝，我獨自側面向著墓穴，肅立虔誠行三鞠躬禮。

然後從擁擠的人群中轉身離開，到室外才發現進入墓室前，也就是陵寢正對著下方幾百楷梯位置，設有長方凹形的祭臺，凹臺內黑土上插了幾束花。

心中頓感羞愧，明知要到國父陵墓，事先竟忘了買鮮花致敬，後悔中趕緊向著陵寢正面，畢恭畢敬的肅立。以墨爾本「國父孫中山先生銅像籌建委員會」秘書身分，並代表全體籌建委員們，向國父陵墓行三鞠躬禮。心中默禱，祈望國父庇佑，讓墨爾本的「孫中山先生銅像」能於明年三月間順利豎立。

周圍不少遊客高談闊論，大聲喧嘩，擾攘英靈安息，都在忙著攝影佔位置。沒見到如我剛才鞠躬的觀光客？「中山陵」對於他們無非是眾多旅遊景點之一，最要緊的是拍幾張照片，有「到此一遊」的証明。見到團友莫華兄和另一位女士，先前在墓室側也向國父行禮。

我們這些海外華僑、華裔，如國父當年留下的金句：「華僑是革命之母」般，不但愛國愛鄉，也敬愛為國為民的偉人、烈士和民族英雄，自然也熱愛民主與自由。對辛亥革命推滿封建皇朝的國父及一眾開國元勳、為革命捐身的眾多烈士，都衷滿敬仰及尊崇。因此，來到中山陵的遊客，只要是海外華裔，不論男女老幼，都自然而然會向國父陵寢行禮或鞠躬或獻花。

沿石級而下，在無數杉樹和梧桐樹鬱鬱蔥蔥中，被鍾山的雄偉形勢所震撼。

通過大片綠蔭和寬廣的臺階，再三回首凝望這座充滿宏偉氣勢的陵園，心想難怪「中山陵」會被譽為中國近代建築史上的第一陵，實在名不虛傳啊。

二〇一〇年十月十九日於墨爾本

安陽羑里城

九月初參觀世博會的華東十日遊，然後轉去廈門應邀出席四天的東南亞華文文學研討會。啟程前堂弟來電說要安排我們前往河南安陽。孤陋寡聞的我對這個屬於中原八大古文明發源地之一竟一無所知，居然可笑的反問安陽有什麼名勝？心想若只是參觀他的開發建築工地，沙塵滾滾有啥好看？

堂弟在電話中一陣沉默，問清了我到廈門的日子及開會期，

作者夫婦攝於羑里城內

就說一切交他安排好了。重視親情又熱情的這位企業家堂弟，為人穩重，邀請我們前往安陽必然不單單要看看他的項目，也就隨緣信任他了。

期望的華東行，因為變成購物團而大失所望，加上那些景點過於聞名，早已淪為商業區，失去了想像中的古意古趣。沒想到安陽六日行，在完全沒有期待裏出乎意外的大有收益，正所謂「無心插柳柳成蔭」也。

九月十七日由「安陽祥和房地產開發公司」黃大城副總經理陪同乘飛機從廈門到了鄭州，前來接機的小劉搶著代拉行理，這位地道的安陽人對家鄉是古文明發源地深感榮幸，在高速公路上對我有關安陽的好奇有問必答。路過黃河時在黃昏朦朧暮色中特地停車橋邊讓我們一睹黃河真面目，水流無力水色果然土黃，但願這條害慘華夏子民的河流不再作怪。

兩個多小時後到達了安陽，堂弟早在酒樓門外久候，設宴為我們洗塵，居然有道驢肉，生平首嚐，不膩而香，極為可口。年青時用過「阿膠」，也就是驢皮所熬製的中藥，在原居地及澳洲都沒聽過吃驢肉，想不到這是北方人其中一味肉食。

晚餐後已九時許，堂弟親送至酒店，約定翌日九時由小劉前來導遊。幾天內先後參觀了殷墟王陵遺址、中國文字博物館、馬氏莊園、羑里城與及紅旗渠，每處景點都安排專業解說員帶領，（購門票時要額外支付給解說員，個別遊客多是自由參觀，可省下開銷。）堂弟盛情，精心安排讓我們不花分文，得能在幾天內浸淫在深厚中華古文化的氣氛內，真是驚喜交集，開心極了。

九月十九日下午我與婉冰在小劉開車導遊中到了安陽市郊的羑里城，這座商周時期的文化遺存古蹟，是中國有文字記載的第一所「國家監獄」。讀者們，千萬不要給「監獄」所嚇倒，別忘了那只是當年殷紂王囚禁周文王的地方。如今已改成國家四級旅遊景區，為國家重點文物保護單位之一。

商代末期殷紂王將西伯姬昌囚禁在羑里，被囚的姬昌患難時，發憤圖強，利用閒暇思考及推演周易，羑里最終成為「周易」的發源地。後人為了紀念姬昌，就在羑里城舊址上建立了「文王廟」，也就是我們參觀的「羑里城」景點。

巍峨壯觀的牌樓氣勢攝人，正中牌頂雕著「羑里城」三個大字。入口大鐵閘中心畫著黑白太極圖，通過查門票站，講解員已立門內迎接。迎面屹立宏偉高大的周文王石雕立像，地基圓環刻上了六十四卦圖紋，四周栽滿青翠綠樹，空氣清鮮。

左方是遊客中心及醫療室和廁所，右面周易應用展示廳。心想墨爾本易經班的朋友們如來了，必定大有收獲，我這個門外漢只好匆匆過目。拾級而行就是「演易坊」，是否當年姬昌在此推演六十四卦處不得而知，今人卻可從展館略知一二。

直行是如城牆般長的一道「儀門」檔著去處，只要沿級跨入，往左就是這座遺址的剖面縮影設計。原來整棟遺址成長方形，從出入口處起一路有梯級向上直通到最後的八卦陣處，左右兩方分設各類景觀。

回到儀門再前進，是一道「山門」了，過了山門，左邊是「文王易牌亭」，從林蔭深處進去，是座「演易臺」，想來被囚的姬昌獨個兒每天都在此苦苦思索易經無窮的變化吧？離開演易臺再往前走，見到了一口「羑里井」，古井沒甚看頭，再前行往左深入，居然是「太公封神館」了，讀過封神榜這部小說，想不到能在此見到封神館內諸多被封神像的雕塑，至於這些人物外貌，當然是雕塑家們的想像啦。

到達用樹木圍築的「八卦陣」，幾位遊客已被困在陣內。陣後方高臺，不少人對著「陣」中人，大聲指點，呼聲此起彼落，極為緊張。婉冰童心大發，硬拉我入陣。小劉恐我們迷失，趕緊到高臺上，準備到時指示出陣方向。

小說讀過古時行軍要布陣，懂得奇門八卦的孔明，自然是個中高手。但親自入八卦陣，還是生平首次。方陣左轉右彎，果然神奇，沒走多久就被困陣了，不管如何轉，總無法找到出路。小劉在臺上對著我們大聲喊叫。說「旁觀者清」真是沒錯，若非小劉指點，我們真是越轉越徬徨，越徬徨越心慌，最終就無法出陣了。古人智慧高深莫測，有去羑里城，一定要試試八卦陣的神奇。

前左方還有「周易與道學館」，右面有「周易與儒學館」，因時間關係就沒深入。往回走，到了「周易與先天八卦館」，恰是和「封神館」遙遙相對。觀看了二殿和大殿後，就到了與「文王易碑亭」遙對的「乾隆御碑亭」了。清代這位喜愛舞文弄筆的皇帝，對其統治的大好河山名勝古蹟，莫不愛在觀訪後大揮「御筆」，留下其墨寶。也讓各地景區多了不少乾隆皇的題詞和碑文。

幾個小時匆匆過，黃昏前帶著歡喜心離開，心中除了感謝添福堂弟外，也感恩小劉的辛勞駕車及導遊。我告訴他，回澳後必將撰文廣為介紹安陽，大讚這幾處鮮為國外遊客所知的文化遺蹟時，小劉喜形於色，比我們向他道謝更開心呢。

墨爾本易經班朋友與世界各地學習易經的讀者們，喜歡觀光旅遊者，千萬勿錯過去河南安陽觀訪，只要去過「羑里城」，已不虛此行啦。何況還有上文提及的四個去處呢！

二〇一〇年十月五日於墨爾本

五千里路風霜雪雨

前往加州探親，女兒說夏季將至，不必拿太多冬衣，可免行李過重。言之有理的建議當然服從啦！何況外出旅遊，最怕攜帶太多東西。因此，除了一件外套，還隨手選了幾件短衫，輕裝啟程。

到達舊金山後，才知寒意抖峭，根本不似女兒所講炎夏將至？在美國教學的長女美詩難得與父母團聚，趾巧是暑假，母子相陪，為遠來的雙親報名，參加黃石國家公園及大峽谷七日遊。

五月廿八日先參觀了加州沙加緬度州議會大廈，陽光彷似久病初癒者，軟弱無力，照在身上根本不溫暖？心想那會像初夏？應該是春寒氣候才對。

離開州議會，車行未久便駛入了內華達州，經過小賭城雷諾（Reno）後，就橫穿廣袤荒涼的大片沙漠，美國的沙漠不像印象中全是黃沙堆積，都長著不高的野生植物。除了筆直的公路，天地寂寥陰霾，若單獨駕駛，必感驚慌、孤寂和恐懼。夜宿小鎮愛可市（Elko）。

翌晨微曦時趕路，居然陣風陣雨，橫吹直掃，真難為了司機Peter呢。偶而還飄起雪花，將車頭玻璃弄到白茫茫，害胡導遊忙著用巾拚命抹擦，能見度始終不清，大家心情底落，都在為行車安全擔心。

在愛達華州境內蛇河峽谷休息，河面橫跨鐵橋上，經常有愛好跳降落傘的年青人，站在橋墩上往下躍。極目遠眺果見橋墩處人影綽約。先後跳下者，將近河面上空，千鈞一髮時降落傘才打開，讓大家歡呼鼓掌。真是玩命，比「笨豬跳」更險象環生。

午後到了懷俄明州牛仔鎮傑克森市（Jacson），大家爭著在鹿角公園拍照，自然不放過遊逛滿街的禮品店。商戶鋪前皆掛著星條國旗，原來是「亡兵日」，也稱「國殤日」假期。橫街擺放各式銅塑，亦都成為觀光客相機按快門的背景。其中一位是大文豪馬克吐溫，團友中看來只有我肯與「他」合影了。

小休後繼續趕路，幾經顛簸，午後五時才在風雪中駛進黃石公園西門。車外四周陰沉沉，偶見雪雨裏落單長毛水牛孤獨徘徊，麋鹿和其牠動物都不見蹤影。

景點冷清到只有我們這團人，看冒煙的版畫彩池，大家踏雪小心移動腳步。對那些來自熱帶地區的團友，生平初遇白茫茫雪花，真個大喜過望，人人冒寒迎著飄雪拍照。

黃昏已臨，風雪吹掃寒氣侵襲，近七時半才到了山腳小市鎮，終於親嚐了饑寒交迫的滋味。大家冒雪各自購買速食快餐，人人被雪雨突襲到滿臉滿身都濕淋淋，狼狽萬分返回酒店，匆匆祭拜五臟廟，療饑果腹。

翌晨摸黑再進公園，前往觀賞瀑布，泥濘路面均被雪堆阻檔。有經驗的導遊要大家盡量踩在初降的雪花上，而不能踏到結冰已久硬度高的冰地，才可避免滑倒。

果然如此，新雪才降，腳步踩上去無聲無息，雪堆被踏即呈凹形，半點不覺滑。牽著老伴的手，相扶持向前移，幾分鐘後終於到了山崖上。遠眺那匹白布似的水流從高峰奔騰沖下，水聲震耳，雄偉壯觀。四周冷氣襲人，婉冰病後初癒，不宜逗留太久，便匆匆趕回巴士上。

午餐在公園內一家豪華酒店餐廳享用。啟程前，女兒的朋友譚博士一家宴客，他前後三次遊黃石公園，告知有機會可品嚐獨特野味，是別處所無。趕快在餐單上尋找，居然有一式用長毛水牛：Bison、麋鹿Elk及Antelope鹿等三類肉碎烹調的西餐，只售十三美元。女侍笑說她還沒享用過，要我告知品嚐後味道？

唯有胡導遊與我不約而同點用此道佳餚，回程時讓團友們羨慕不已。兩類鹿肉難分高下，長毛水牛卻肉質鮮美，比袋鼠、馬肉和鯨魚強多了。

餐後參觀冰封多時的黃石湖，而重點是「老忠實噴泉」，這個神奇噴泉，幾萬年來每隔九十二分鐘必定準時噴發一次，成為觀光熱門賣點。水柱射出七、八公尺高才散落，前後不到半分鐘，竟吸引了幾百位遊客在風雪中恭候。

因雪封路，下山迷途，幸而多花了近半小時，才趕到愛德華州愛德華瀑布（Idaho Fall）市過夜。

第四天前往鹽湖城途中，不知不覺竟已從苦寒深冬跨過了春天，剎那進入夏季了。大家紛紛將多餘的外套解除，心情也因普照的陽光而開朗。是日參觀了力拓公司（Rio Tinto）世界最大的賓漢銅礦，午後到摩門教總壇及聖殿廣場。（另文撰述：鹽湖城觀訪記。）

翌日到了布萊斯石林（Bryce Canyon），在奇形怪狀的天然石陣中，嶙峋石峰雄偉，懸崖峭壁在寂寞無聲天地間挺立。在眾人驚嘆造化神奇的議論中，想起前年在雲南土林觀訪，與此景異中有同，皆為地殼變動所成。

車過了錫安聖谷公園令人屏息的巨大沙岩，黃昏抵達了拉斯維加斯這座紙醉金迷的賭城。女兒帶路，與幾位香港來的團友們一齊前往享用海鮮自助餐，大快朵頤。

第六天行程已近尾聲，先去胡佛水霸觀訪。再往大峽谷，分開南峽與西峽。西峽離賭城近，可在目的地逗留四小時，但要多花六十九元門票。免費遊南峽，往返乘車要八小時，路遠只能逗留一小時左右。團友多選西峽，主要想走上「懸於高空玻璃廊橋」試試膽量。（另文撰述：大峽谷玻璃廊橋。）

是夕，「拉斯維加斯華文作協」會長、「世華作家交流協會」副秘書長、美國核子醫學專家尹浩鏐博士賢伉儷，專車到酒店接待，盛情款待，餐宴後往訪其四千餘呎豪宅，傾談至深宵始依依惜別。

六月三日回程，車過內華達州全美最大沙漠Mojave Desert，映眼全是「鬼樹」，英文學名：Joshua Tree，粗生野植物，當地印地安人食其果。這片沙漠中還是美國核武器試驗場，和極度機密的「五十一號」外星人研究中心。

黃昏回到舊金山，七日遊盡興而歸。一週內乘車奔馳五千公里路，到過七個州，經風霜雪雨吹襲，從寒冬轉入盛夏，如此經歷實在難忘啊。

二〇一一年六月廿一日於墨爾本

鹽湖城觀訪記

二十餘年前的某日黃昏，忽聞門鈴聲，恰巧我已下班，應門見到兩位穿著光鮮西裝年青洋人，彬彬有禮的向我介紹耶穌教會。原來是傳教士，略為寒暄，見我無意邀其進屋，便將幾張英文簡章及一本小冊子贈我。

其教派長長的稱謂：「耶穌基督後期聖徒教會」。細讀始知是為眾所知，傳說男信徒能擁有多妻妾的「摩門教」？總壇遠在美國，當年心想如能前往，或可

摩門教教堂大殿

發掘這個被世人視為「非正統非正信」外道教派的真實情況。

世事難料，不意早歲念頭，竟能在此次參加「黃石國家公園」七日遊中得以實現，五月卅一日車入猶他州時，不覺大喜過望。巴士先駛往猶他州州議會大廈，遠眺這座白色圓頂建築物，外觀和華盛頓國會幾乎並無分別。

首日到加州沙加緬度觀訪其加州議會，要被安檢始可通過。但猶他州州府卻任人自由出入，令大家心情輕鬆得多。入內映眼金壁輝煌，天花頂仿如皇宮雕塑，到處美麗彩繪，四面高牆刻有該州歷任州長雕像，對其豐功偉績加以推崇。二樓為議會殿堂，任遊人拍照。民主自由政制可貴處就是如此，議政時人民皆可到來聆聽，並無私隱。大家忙著拍照，嘖嘖稱頌不已。只有二百八十萬人口的猶他州，其州議會呈現的豪華宏偉，對比下真令有三千餘萬人口的加州黯然失色。

下一站去世界最大銅礦，力拓公司的賓漢礦場參觀。大巴士迴旋上到礦場招待中心，廣場外那個五千磅重，值二萬五千美元的大車輪頓成團友們拍攝對像。

運礦沙大卡車每次能運載三百二十噸重沙土，僅六個大車輪就值十五萬美元啦。進入放映室觀看了二十分鐘的特輯，對力拓公司運作及開採銅礦過程，令觀訪者有所認識。

午餐後，三時正我們就到達了鹽湖城最重要的建築物，摩門教聖殿廣場。兩位分別來自臺灣與新加坡的華裔傳教士已在等候。團友分成兩隊，開始一小時的觀訪。我在胡小姐那隊，除了聆聽這位年青新加坡人講解外，在觀訪漫步時，盡量向她提問種種有關該教會的疑惑。

每週教友要到教堂聆聽會長講道，「會長」是等同牧師或神父的神職人員。（在猶他州，若有華裔社團，千萬不要用「會長」職守啊。不然，必被當成摩門教的「牧師」。）全球千餘萬的信徒們，要將一成的收入，也就是每月賺到的十分之一捐獻給教會。難怪這個教派那麼富有。猶他州人口中，八成是摩門教徒。因此，該州政府、市府領導，幾乎全掌控在教友中，難怪州府議會大廈能建築到那麼豪華啊！

每週信眾到殿堂聚會共四小時，除了聽「會長」佈道外，餘下是研讀聖經、摩爾門經，及信眾彼此交流，輪著發表有關信仰心得或被神靈、天使感召之經驗。

海外虔誠教眾，一生中定要前來總壇聖殿事奉教會，服務十八個月，如胡小姐自費購往返機票到此擔任傳教士一樣。陪著她一起的是來自德州的大學二年級美國學生費小姐，另一隊的講解員，臺灣女傳教士也是，由此已可看出摩門教的號召力量。

不少團友皆問為何可以擁有多妻妾？胡小姐回說那已經是過去了，如今已改教規。行進聖殿，殿堂正中是一個極大的風琴，殿上並無耶穌或聖母，也無任何聖經中人物肖像。宏偉的建築充滿回音，胡小姐與同伴一起到臺上，輕敲風琴琴弦，果然回聲處處響，極為好聽。

測試回聲後，她拿出一張題為「家庭」的「致全世界文告」，是總會會長及十二使徒於一九九五年會議後發表的信息之一。要求團友代讀其中一段，團友們都指向我，我大方起立站在聖殿前，面向團友們，用廣東話宣讀如下：

夫妻肩負神聖的責任要彼此相愛，彼此照顧，也要愛護和照顧他們的兒女。「兒女是耶和華所賜的產業」（詩篇127：3）。父母有神聖的職責，要在愛與正義中教養兒女，提供他們屬世和屬靈所需要的，也要教導他們彼此相愛，彼此服務，遵守神的誡命，並且不論住在何處，都要做一個守法的國民。丈夫和妻子——母親和父親——將在神前為履行這些義務負責。

讀完後並分派每人一張，文告首段是向世界宣示：「一男一女之間的婚姻是神所制定。」也間接解答了大家有關摩門教男人可擁眾多妻妾的問題。早年該教派為了增加勞動力，而設下多妻制，如今因應時代進展已將不合時宜的教規改革，算是追上文明世界了。

摩門教徒多數是認真工作、勤奮向上的人，由於部份教義有別於基督教會而不容於當年社會，更因多妻制而被視為「邪魔外道」！早歲被迫西遷，該教先驅們選擇猶他州落腳，而在州府鹽湖城發揚光大。

總壇站地廣闊，建築棟棟相隔，一個小時根本無法窺其堂奧。能廁身摩門教聖殿，對這個教派已有粗淺認識，正應對了「讀萬卷書，行萬里路」的名言。

辭別兩位為我們解說的傳教「姐妹」，順道參觀鬧市中的「鷹門」及四義路旁那棟早期教主古宅。大家議論紛紛，面對兩層古宅無法為他八十八位妻妾分配居室。歡愉中在導遊催促下啟程前往百里外晚餐及投宿，結束了鹽湖城的觀訪。

二〇一一年六月十日於舊金山旅次

東京掠影

在我旅行規劃中，從來沒有考慮前往日本，那是因為歷史影響。八年抗戰，南京大屠殺以及竄改教科書，當政者參拜靖國神社等等，令我提不起興趣去此島國觀光。

世事難料，數年前兒子調職東京，去歲就誠意邀父母觀賞櫻花。躊躇思量，延至今年，為了主持他的婚禮，再無推諉理由。啟程前居然噩夢連連，早已心無掛礙，竟如斯反常，實在難解。

三月十八日抵達成田機場，老三剛從大連趕回接機，因天氣過冷，櫻花遲遲不開，那些日子每晚電視皆報導花訊，急也急不來，隨緣也就自在了。

一週美好時光轉眼即過，最遠也只去了箱根（Hakone），此外都在東京範圍走動，已撰打了遊記「東京花季驚艷」，此文是另篇補充。

東京作為日本首都，人口稠密，內城齊迫了二千萬人，大東京總人口是三千八百萬眾。因而一出門，摩肩接踵的人流立現，尤其上下班時的地鐵，真令我看到心驚膽顫。彷似劉姥姥入大觀園，過慣墨爾本寧靜生活的我，對此繁華大都會，有點手足無措。

在涉谷區（Shibuya-Ku）中心過馬路，數千湧動人潮南北東西打橫走直的通過那多叉路口，真是蔚為奇觀。據說那是世上最繁忙的交叉路口，難怪觀光手冊上會持別介紹呢。

地鐵站之多，冠於全球，有的還是上下共三層通車。地鐵公司竟然有五、六家之多，複雜到比蜘蛛網更密集。買一張乘車卡，就通行無阻，一程走下去，有時就轉了好幾家公司的車。真佩服他們分賬有方，一站扣去卡內存款一百二十元，站數越多，價格每站在幾十元。車站有多個乘車卡存款機，乘客自己操作。有的列車是無人駕駛。幾分鐘一班，極為準時。車座調好暖度，腳邊有熱氣輕吹，設想周到。

都說要知道一個國家文明與否？只要到公廁，就能分辨。在一家餐館如廁，設備一如兒子居住的高級公寓。座板暖熱，坐上去右手儀器即時亮了「脫臭」燈號；另兩個符號，男女有別，完事後一按，溫水自動清洗肛門或女性尿道口。洗手龍頭，吹乾器全自動。難得的是所有超市場，必設公廁，方便顧客與遊客。從這些公廁可見東京的一流文明程度，實非東南亞諸國及中國所可媲美。

超市入口，有烘乾雨傘設備，只要將濕淋淋雨傘插入搖動，所有留在傘上的水份皆被吸走了。

民以食為天，東京各種大小餐廳林立。最令我意外的是見到河豚（俗名雞泡魚）專賣餐廳，這類毒魚若廚師經驗不足，食者中毒即死也。拉麵最為便宜，是一般勞動者及上班族最愛，沒有座椅，要站著食，每碗從七百到一千元，視餐館而定。有種全麥冷麵並無配料，只加特製醬油，每碗三百五十元，圍食者眾多。

東京國學院漢文系的渡邊晴夫教授招待我和婉冰晚宴，是統傳日式套餐，在涉谷區的「筷子餐館」。侍應穿和服，館中分成許多大小不一的房間，坐榻榻米，菜式多款，在輕柔音樂中享受佳餚，感受到主人的隆情厚意。

人多卻不吵雜，日本人講話輕聲細語，「三個女人一個墟」這句話在日本講不通。乘地鐵時，長長的列車，聲音都來自到達下一站前的自動廣播。乘客不論男女，個個埋首手機收發短訊或閱讀書報。在參觀豐田車展時，人流不少，卻鮮有嘈音。

世界各國都提倡環保，廢用塑膠袋呼聲漸高，日本人好像聽而不聞。市場所有貨品，包裝極講究精美，可全是膠袋、紙袋、透明膠盒等極不環保的東西。大街小弄充斥自動售買飲料機、冷熱咖啡、綠茶，及各式汽水、果汁，通通是危害地球的膠瓶和易拉罐。

物價與澳洲相比，汽車最便宜，進口香蕉每公斤兩百五十元，來自中國的男女服裝價格不高，澳洲牛肉每公斤四千五百元（約四十八元澳幣）。日本養的「和牛」分四級，每公斤從一萬八千元到兩萬七千元。最難相信的是哈蜜瓜，每個六千八百元，而且只有澳洲的一半大。海產豐富，種類繁多，喜歡食刺身和壽司的人，見到市場活生生的魚產，必笑逐顏開。有多類不同公司的士，上車底價七百二十元，不必預約，見到空車招手即停，像新加坡與香港。

最貴的是住宅，寸金尺土，與人口過密有關。兒子住在代宮山區那棟大廈的第三十層單位，包全新傢俱音響設備及每週一次的家居清潔服務，月租七千美元。難怪有不少勞工階級居處是僅可容身的單人床位。

市面映眼都是五光十色的廣告，我雖不懂日文，但半數內容皆可從漢字猜到。那晚請教渡邊教授，才知日本人基本上要學會一千八百個漢字，日文字典有超過二萬多漢字。但有些漢字已和原字義大有差別了，如讀到「無料講座」，心中暗笑「無料」居然敢演講？後來問媳婦，那是「免費」之義。

世人對日本捕殺鯨魚極為憤怒不滿，澳洲人士更組織到日本捕鯨船示威，他們辯稱是為了科研之用？我到幾家超市都見到三類鯨肉出售，魚生片每公斤一萬五千元，鹵鯨肉每公斤兩千零八十元，罐頭五十克兩百元，實在是商業利益也。

各區均有大小不一的寺廟，稱為「神社」，為世所知當然是「靖國神社」，供奉該國陣亡軍人、烈士。同時也供奉了二戰時期無數入侵中國、東南亞的日軍「劊子手」，仍「死不認錯」的某些右翼野心政客，每年不顧傷害當年被侵國家人民的感情，還要去「參拜」，才引起不必要的外交風波。

日本人信仰佛教者眾，臨濟宗有較多信徒。無數神社皆設有許願架，讓求願者親自寫上心願再掛到架上。神社外邊出售各類保平安符牌，可滿足不同信眾的所求。讓人心安，亦是功德，以「迷信」視之者，無非另類執著。

行萬里路，增廣見識，領略他國不同社會結構、民情、風俗，可補書中所略。離東京當天，丁目黑附近數公里長大排水渠兩邊，幾千棵櫻花齊齊怒放，賞心悅目，真是喜出望外。在最後一刻終可了卻賞花心願，豈不快哉！

二〇〇八年四月五日於舊金山旅次

輯四　浮生篇

諾言

一九七八年八月我和太太婉冰帶著相片中的五個子女，陪同岳父母奔向汪洋，在南中國海飄流了十三天，微曦裏小貨輪觸礁，機倉入水，船傾斜三十度。天亮登陸始知是無人的荒島，屬印尼轄境，有個美麗名字叫「平芝寶島」。

我們在荒島上渡過了日曬雨淋風吹，飢渴煎熬的十七日夜，大難不死才獲印尼海軍的七千噸軍艦救往丹容比娜島的難民營。

營地在橡樹林內，由聯合國難民總署建築多座木屋，共收容了八千多印支難民，七成是華裔。到達一個多月，岳父收到美國幼女錦儀匯來的二千美元，即和我往離營地十四公里的丹容比娜市銀行領取，有錢除了購買食用品外也為孩子們添新衣服。

這張相片是孩子們都穿上新衣裳，準備接受澳洲移民官問話，在營地木屋前合影。又黑又瘦的我與滿頭白髮的岳父並立，忘了婉冰為何沒在相中？當年岳父怕我們到新鄉無法養活五個兒女，硬要帶長女和幼兒前往加州，由他負責養育。長女從小在外公婆家，也不捨得和兩老分開。我夫婦不忍四歲的幼兒遠離，幾經商量最後同意十三歲的長女陪外公婆去美國。

移民官透過翻譯問我，為何要選擇到澳洲？我望著滿臉鬍鬚略帶微笑的洋人，指著身邊四個孩子說，要帶他們到澳洲接受最好的教育，一定讓他們讀完大學，將來做個好公民。

沒想到就是這句回話，移民官低頭快速的抄寫，然後便恭喜我，說已批准我們到澳洲了。幾個月後，檢驗體康合格，在一九七九年三月十五日天亮，澳航從雅加達機場把我們帶到了墨爾本。

六年前，參加小兒子明仁大學畢業典禮時，我滿懷高興，記起了當年對那位如今不知人在何處的移民官所回答的話，我真正的實現了。可惜無法再見，不然，真要向他道謝，同時讓他知道，我對他的許諾絕非信口開河。

長得和外公一樣高的大女兒美詩，在外公婆悉心教養下，考取了加州Fresno大學特殊教育學士學位，是印支難民首位拿到這種文憑，因而當時的美國總統還寄賀函給她。兩年後她再修完了碩士學位，如今在舊金山學校當專業老師。

左一是十二歲大兒子明山，會計系畢業，在墨爾本一家上市大公司擔任經理，求學時拜中華青年會的劉彪先生為師，年節舞獅打鼓，也為華人社區平添熱鬧。

左二是上有兄姐下有弟妹，十歲的老三明哲，他童年災難特多，幾次逃過劫數不死，讀初中時天未亮就去派報紙，找零用錢，不要父母負擔。考到墨爾本大學科學系榮譽學位後，到雪梨半工讀，再考取了雪梨Deakin大學的ＭＢＡ學位（商業管理碩士）。如今在東京為美國ＣＳＣ電腦科技公司擔任高級行政職務。

八歲的小女美文，讀完大學後，工作了幾年出嫁，如今當全職的家庭主婦，為兩個小女兒忙得分身乏術。

最小的就是四歲的明仁，前年結婚，婚後與太太到廣東佛山大學教了一年書，婚前是博士山滙豐銀行的經理，中國回來後，應聘為國民銀行經理，兩個月前初為人父。他和兩位哥哥讀書時都加入中華青年會，成為劉彪師傅的徒弟。去年參加「維省印支華人相濟會」，成為該會理事兼辦公室主任。

幸福的時光易逝，轉眼移居澳洲二十六年了，整理相冊，無意見到了這張舊照，把它存入電腦檔內。歷歷在目的往事，彷若影視鏡頭，一幕幕顯現。慈祥的岳父葉仲芬已於七年前在加州寓所壽終正寢，往生極樂世界，他的音容卻永遠活在兒孫們的已記憶裏。

相片中那五個從四歲到十三歲的兒女，早已出身，學有所成，做社會有用之人。最高興的是當年我拿全家生命作賭注的決定沒有錯，逃離苛政，大難不死，終能把兒女教養成才，帶他們到人間天堂的澳洲生活。幸運的是，子女們都有上進心，成長過程在到處充滿誘惑的黃賭毒開放社會，他們都能潔身自愛。

做為家族第一代移民，算是開荒牛，我今日重溫舊相片，所有辛苦都過去了，兒孫們能在新鄉過著幸福人生，老懷也真可告慰呢。

二〇〇五年八月三日於無相齋

火網

沒有經歷過戰爭的人，對兵燹之災及人為的劫難是無法真正理解。有關兵荒馬亂及戰場慘烈的實況，無非是從電視新聞或是觀賞影片而得。

對柬埔寨紅高棉那三年的大屠殺，全國人民半數被折騰至死的恐怖世界，世人在觀看吳漢主演的電影「殺戮戰場」，被那些極其殘酷的畫面震撼。根據柬埔寨餘生的朋友所講，該片鏡頭所能呈現的與當年真實的屠城史實，不過反映了十分之一。

觀眾不論在家中電視機前或是在影院中，所見到的戰爭場面，完全是以旁觀者身分在隔岸觀火，槍炮聲轟炸聲再響，也彷若是鞭炮，因為迎面而來的炸彈引起血肉橫飛，也不過是螢光幕上的繽紛色彩，不會造成任何傷害。

童稚之時，原居地越南人民日夜在為打倒法國殖民地而抗爭。在湄公河畔小城誕生的我，自幼就習慣了各種各類的槍炮聲，從單調的步槍子彈到密集的機關槍掃射，遙遙可聞的炸彈，悶雷般的迫擊砲，都能一一分辨。兒時的玩意還經常在路旁拾取銅彈殼，作為收集物，用以和童伴交換其他小物品。

七歲那年，舉家從小城搬遷到首都華埠堤岸，是為了躲避無時無刻的戰火，父母才決心拋棄故居而移至幾百公里外人地生疏的大都會。以為就可遠離危險了，殊不知戰爭的魔掌如影隨形，法國敗走了，國家立被另兩隻狼瓜分了。美國佔據了南越，十七緯度以北的河內成為蘇維埃的附屬。

「解放南方，統一祖國」的游擊戰爭替代了早前的抗法，抗美救國運動成為了北越侵犯南越的藉口，一場自由與極權的鬥爭，戰場就涵蓋了整個南越所有的城鄉。

戰火連綿中的人民還要為五斗米折腰，初中畢業後，我便要分擔工作，為父親經營的生意，學著去銷售生熟咖啡豆或咖啡粉，成了售貨員。我負責的地區包拖了堤岸近郊富林、平泰區以及一號公路上幾個小城，名聞遐邇的古芝、鵝油、龍華和西寧省。在那些年代裏每半月一次定期駕車早出晚歸前往百公里外的西寧省收賬兼寫訂貨單，把顧客要的種類及數量登記，點收以前的欠款，和顧客們寒暄應酬。工作輕鬆，全靠貨真價實，外加能說善道的口才，就能勝任。

時常早上出門，中午便折返，因為半途公路上美軍正與越共開火，車未到公路早已封鎖，共和軍嚴陣以待，不讓民用汽車或巴士、貨車流通。遇到這種半途封路時，唯有折回。因為無人知曉雙方的遭遇戰要維持多久，有時打得落花流水，非得幾天幾夜越共是不會撤走。

也有時剛巧公路解除封鎖，大排長龍的車隊以二三十公里的慢速通過，往往路兩旁那些戰死的士兵屍體還來不及收埋，自然還有不少被炸被轟的坦克殘骸留在田野上，初遇會有矚目驚心之感，見多了，也就見怪不怪了。

戊申年（一九六八年）越共大舉進攻南越各大小城鎮，傷亡慘重無功而退。那年，我在戰事稍停後立即趕著去西寧省收賬。同街的布莊謝老闆是閩藉的知名人士（後來成了我三弟的岳父），也有生意在一號國道沿途各市鎮。因此，常搭我順風車和我作伴，一起前往，沿途有個傾談者，也不孤單。那一次也相約同行，這位長者國學很好，和我投緣，彷如忘年交好友般無所不談。對我真是有如遇到良師似的，可以學到不少人生處世經驗。

那天，路過古芝城後，傾談中才驟然發現公路寂靜無人無車，唯獨我的汽車在前行，心知不妙。忽然槍聲大作，榴彈砲在右方膠樹林內呼嘯，前方田梗上美軍的坦克和炮兵正以強烈的炮火向樹林中發射炮彈，樹林上空美軍的多架直昇機的槍手也向著膠林掃射。林內越共還擊的子戰火舌如線一樣的閃過，耳聞的是一片恐怖的爆炸聲子彈聲炮彈聲和轟炸聲。

謝伯伯說聲不好，我來不及回應，知道誤入了戰場火網，這次可真是凶多吉少了。心中來不及細想，立即本能的把油門踩盡，以一百三、四十公里的高速飛馳，朝著一號公路平直的路面拚命衝過去。

那十來公里的路，當時真如漫無盡頭似的，越緊張越慌亂路卻越長。也不知過了多久，槍炮聲彷彿漸漸隱沒而去，終於到了鵝油市郊區，公路兩旁的共和軍嚴陣把關，道路上設下了封鎖的標記。難怪剛才沒見到任何一部對頭來車，軍警和大批新聞記者把我的車包圍了，爭著問我是否戰事已停？為何獨見我這部車，大家急著想知道我為何能順利通過？

我一臉茫然，下車後才知道剛才從火網的鬼門關走了出來。原來這段公路已封閉了四五小時，我進入的那頭，共和軍們可能疏忽職守，以為設了路障，再無車隊敢過去，我卻因傾談而沒注意封道標記，真個不知死活的駛入了火網。
　　汽車沒有任何彈痕，我和謝伯伯也平安無事，真是奇蹟啊。只要任何一顆炮彈流彈掃中，我們兩人必死無異了。
　　事後，從報上得悉，當日一號國路的遭遇戰，越共遺屍二百多，美軍和共和軍也有七十餘人傷亡。
　　那天，回到家已是晚上八時多，先父母和內子婉冰倚門望，等到遠遠看見了我的汽車影子時，才放下了心。
　　生死有命，在戰火連綿的國家生活過，是盛平世界的人們所無法想像得到和體會的，那是真正的面對死神，亂世的人天天都在鬼門關上徘徊，生命濺如螻蟻，一分鐘前還生龍活虎，剎那被流彈射中，便應聲而倒。無常之速之快，真非人力所可控制。
　　煙遠的記憶有血有淚也有歡樂，夢迴時還偶會被槍聲驚醒。如今早已在盛世樂園的澳洲安居，每每想起生命中的前半世竟然是在戰火中渡過，真猶如一場惡夢呢！

二〇〇四年十二月二十二日於墨爾本

古井

現代人對於井的認識，最熟悉的應該是油井，尤其美軍入侵伊拉克後，經常可從螢光幕上目睹伊拉克城外一些被破壞的油井濃烟沖天，然後世界各地有車階級者忍痛給加油站多拿了因油價上漲的幾塊錢。

至於井的存在和用途，甚而井的形象也大多不清楚或完全不知道。遊客們如果到過馬六甲，當然參觀過有名的「三寶井」。這個成為歷史文物重點保護的名井，已被四周鐵條圍繞，井口也罩上一張大鋼網，讓人無法靠近井邊，也就見不到井的真容了。

另一個充滿悲情的名井便是北京舊皇城內的「珍妃井」，老佛爺在逃亡緊迫時刻仍不忘辣手摧花，硬是把嬴弱紅顏珍妃推下那口小小的土井。想不到年紀輕輕的珍妃被謀殺後，竟能名揚後世，連帶那口其貌不揚的小井，也成了觀光客的景點。多少文人雅士在井旁徘徊和憑弔，天馬行空的想像珍妃的萬種風情。

我的兒女們還能對井有印象，是在逃難到達印尼丹容比娜島上橡林中，臨時棲身營地時，每天要輪流到附近的一口石井打水。那口井居然供應著幾千位難民的食水，當然只限於飲用及烹飪。洗澡洗衣服都要走到好遠的小溪，克難生活也充滿歡笑喜樂，因為希望在明天，大家都在等待西方國家的人道收容。

我童年在閩南家鄉生活過兩年，五、六歲稚齡，對於大宅院前的那口老井，早已不存印象。回到異域成長的過程裏，由於父母濃濃的鄉愁，在雙親口中，不斷訴說著故鄉的種種人事物。在倆老的講述中，點點滴滴的矇矓記憶，彷彿長了翅膀般一一的飛了回來。尤其庭前的古井，在清晨母親和嬸嬸一起蹲在井旁洗刷衫褲，我往往和親族同伴繞井嬉戲，笑鬧聲和慈母的呼喝聲就經常繚夢翩翩而現。

在家鄉那兩年，母親體弱，常抱恙在身，父親獨留南洋謀生，大宅院中我與弟弟又都要母親花精力照顧。幸得紅花嬸嬸對我們的垂愛，她做事勤快，妯娌情深，粗重活兒都包辦了。打井水是最吃力的，因此，母親洗衣時幾乎全是嬸嬸打水。雖是自家人，但這點恩惠父母卻念念難忘，所以在鄉思的回憶裏，都不知對我們三兄弟提過多少次了。無非要我們明白，得人恩澤一定要回報。中國改革開後，父母親對紅花嬸嬸的兒子添福一家的照顧，真正落實了報恩的美德。

少小離鄉老大回，闊別半個世紀後，再回到故鄉，真個人事已非。見到童伴也都不能辯識了，不少鄉中長輩們還津津樂道的對我說些早已煙遠的往事。

終於見到添福兄弟們及他們的父親，仍獨居大宅院的老叔，七十八歲的老叔父很健壯，滿臉歡笑的和我相握。遺憾的是紅花嬸姆早已往生，無法親口對她說聲感謝。

大宅院已破落，仍住了幾房人的兒孫，對我這個一去半世紀的同族親人都見面不相識了。老叔帶我參觀前後進及祖先靈堂，自然要向列祖列宗的神位三鞠躬，也向祖先告罪，做為黃家子孫，對列祖生前未能定省晨昏死後也無法祭祀，說來真是不孝。

到了庭前，驟然發現那口古井，在我極度的震撼中，古井依然靜靜的躺著，彷彿早已料到離鄉的遊子，不論離開了多久也不管走了多遠，總有一天會回來，無論外面的世界有多好，根卻扎在神州大地上的深土裏，永遠被緊縛著。

古井風光不再，只成了遊子記憶中美麗的道具，幽幽深邃的是黃濁污水，由於已無人再使用，也變為死水了。我徘徊在井的左右，苦苦思索半個世紀前，晨昏的熱鬧情境，當年母親和嬸嬸井邊洗濯，我和弟弟及童伴們繞井嬉戲，竟已如夢幻泡影，存在過又一一煙消雲散了。

趕緊在井旁拍照，按下了多次的快門，無非想把古井的本來面目帶回，好讓兒孫從相片中認識這麼一個不起眼的故鄉古井，甘甜的井水養我育我，也曾經盈溢了幾許動人的故事。在幾年前的一首詩作中我寫下這些詩句：

回鄉時，笑呵呵的歲月
讓冷寂的祖厝，和那口
漸漸衰老的古井
訴說我走後五十年的風霜

整整半個世紀，我才再踏足故鄉的土地，才再來到古井前，心中的無限感慨真非筆墨所能形容於萬一啊！唯有把濃烈的感情沖擊壓抑進詩裏，讓詩去化解遊子深沉及無奈的鄉愁。

古井漸漸的走入了歷史，先父母和紅花嬸嬸的魂魄也早已安息。來與我寒暄的鄉人，怎知井旁躑躅唏嘘的外客是當年的稚子呢？

二〇〇四年七月十八日於無相齋

養鳥

幼兒明仁喜歡豢養寵物，在上大學時花了五百元購買一隻才誕生未久的德國牧羊犬，因用自己賺的工錢，就未問過父母把小犬抱回家。我要反對已太遲了，當時恰巧在觀看港產連繼劇「鹿鼎記」，他一時興起便將小狗喚做「小寶」。小犬漸漸長成，經常午夜吠影，擾人清夢，被鄰里投訴多次。春天看牠嗚嗚哀鳴而無雌犬為伴，又沒帶去閹割，實不人道，也與牠的名字不符。（韋小寶有八個老婆。）

他卻有自己一套自圓其說的歪論，說什麼寵物已失去自立能力，若非他仁心買回，也許命運更悲。反正已成事實，爭辯太多徒傷父子情。

不久明仁竟買回大鳥籠和兩隻金絲雀，移情養鳥惹到小寶妒火中燒，整日對著鳥籠狂吠，也不知是小鳥兒受不了噪音或水土不服，未幾月相繼往生，就埋葬後園草地上。留下空鳥籠和一大包飼料，幾次市府通知收大件圾垃時我都要把無用的鳥籠拿出門外，兒子堅持保留，直至年初他購屋後，我才專車把那個空籠載去他新居。去年春我為這個空鳥籠寫了一首詩，最後二句是：

依然聽到清脆的鳥聲
掛著的鳥籠還是空空

這些年來飼餵小寶的責任不知如何竟落在我身上，每晚飯後必要到後園為小寶倒水及放乾糧或剩菜殘羹。小寶隨主人搬遷後，數次依然習慣的出後門，才驟然醒起小寶已去了兒子處定居，不禁啞笑自己的糊塗。

靈機一現隨手把剩飯倒在枇杷樹下，未幾隱身樹葉中的鳥兒們一一飛落草地，爭相啄食。從此我再恢復了晚飯後慣性的到後園，把電煲裏的剩飯或麵包片拿去樹下養鳥。

後園有兩棵無花果樹、檸檬、桑樹、枇杷、杏樹各一及二棵李樹，頗似一個小小果林。也因此黃昏時分，群鳥歸巢，啁啾之天籟繚繞，熱鬧非凡。在夏季無花果成熟時，後巷經常有人來採摘，多是那些希臘鄰人，他們極愛無花果。客氣者前門按鈴先說一聲，大方者不問自取，反正太多自己也食不完，樂得做人情。

家務和太太分工，是由我掬米燒飯，自從兒女都搬出獨立後，掬半杯米剛夠兩人之用。因要養那群不知數目的鳥兒，為了有鳥食，我就掬了整杯的米，因而每晚必剩下半鍋飯，就可拿去給鳥群分享。

有時牠們互相招呼，先是一隻下來試探，然後兩三隻，再無動靜時成群飛降，吱吱喳喳跳躍爭奪。從廚房玻璃窗外望，來覓食的鳥類有麻雀、鳩鳥、鵲鳥，偶而也會見到黃鶯，烏鴉也曾出現，至於白鴿、海鷗、鸚鵡則不見蹤影。

日影西斜，天光黯黑後，小鳥們紛紛飛遁無蹤，大多隱藏在無花果樹上，葉大又濃密，枝椏參差，正好是牠們安居之所。

鳥也有靈性，以前我出後園，草地上的鳥兒必定驚飛而起，如今那些多次成為我的食客者，早知我無惡意，見我身影既不驚慌也不逃避更不亂飛了。怡然自得的在草地上跳躍，口中吱喳也許在般弄些張三李四家的是非，可惜我非公冶長先生，無法和鳥類溝通。（傳說公冶長懂鳥語。）

每天清晨，鳥語四方八面傳來，有各種各樣的鳴聲，構成音色絕美的一首天籟，是最悅耳的鬧鐘，悠悠的催我醒來。歌聲起伏時快時慢，或緩或急，彷彿有一集無形的指揮捧在舞動，節奏美妙，比最好的樂曲還使人陶醉。

人的私心都想擁有，包括對所謂寵物，也要把牠們困在籠中，養在家裡，才算是自己的東西，自己的財產？完全不管這些不幸的貓狗鳥雀魚兒的感受。我們天天疾呼要人權，要爭取自由，可是卻為不同的飛禽走獸魚類設下一個個圍牆，使這些生命完全因為人的自私而受盡折磨。

那些到處鼓吹人權、要自由的人，請立即把你們家中的寵物解放，還鳥給天空，送魚回大海，貓狗放返郊野大地，然後才有資格為他人爭取應有的權利，如此放生也是無量功德。

記起以前「小寶」思春期的哀號，看到金絲雀困死籠內，心中總有一分難過，一分不忍。如今在後園草地上每天定時餵鳥，看到鳥群自由自在飛躍尋食，自得其樂，鳥聲如歌，透著歡悅。

人鳥之間能無隔閡，鳥群不怕我，且為我終日歌唱，這份快樂情趣又豈是那些囚養寵物者能享有呢？

二〇〇二年十一月十日仲夏鳥聲輕唱中於墨爾本

讀書

「寧可居無竹，不可讀無書。」

「讀書」或「看書」，我閩南鄉音叫做「讀冊」或「看冊」。「讀冊」含義是指學生到學校上課，有別於閱讀書籍時專用的「看冊」。本文題目意旨的讀書，並非我鄉音讀冊之義，而是專指閱讀，也即看書也。

兒童期求學問而到學校上課，往往是被家長強迫。因而，不少與書無緣的學子視求學為苦事。我小學時也不愛待在課室聽講，每堂下課，便如脫韁野猴，往操場衝去爭玩。

兩年內前後二次在操場發生意外，首次是在鞦韆架高高摔下，右手脫臼，被抬回家找跌打醫生矯正醫好。讀四年級時，雨天中爭爬滑滑梯，被後面的同學往背脊一推，失去重心而跌下，竟又摔脫右手手臼。這次找的跌打醫師在沒將脫臼處接駁好時，便封石膏，一週後拆石膏已無法挽回。好好的右手有了缺憾，沒想到因禍得福，越戰期不必從軍。

經此兩次意外，被父母怒責不說，也經常成了二位弟弟及童伴們嘲笑的對象，自始改了好動的性格，用功求學。

初中轉校到福建中學，國文課是馮小亭老師主講，這位紅樓夢迷的飽學儒士，每愛背誦紅樓夢中的詩詞。看馮老師吟誦時陶醉的樣子，彷彿進入了寶山般的迷戀。在他循循善誘中，我從此迷上了閱讀課外書籍，與書結下不解緣，也在初中畢業時立志要當「作家」。

因是長子，要承父業，十七歲初中畢業後，被迫輟學從商。心有不甘，唯有利用空閒時自修。知道古人「讀萬卷書」才能學問有成，無法上高中，大學門檻自是跨不進，就多捧書讀，期望漫漫歲月中，肚內能存點墨水。

自修無人指點，囫圇吞棗的結果，真有消化不良之感。先捧讀四大奇書，紅樓夢一知半解，倒是西遊記較為風趣。三國與水滸在多年後重讀始能領略書中萬千氣勢。當然少不了被金庸的魔筆引誘，真是「廢寢忘餐」，被先母不知罵了多少回而沒悔改。

愛看冊的人，自然會買書冊。經商後，買書錢再不像求學期的「阮囊羞澀」。空時逛書局，常到偉堂書局、現代書局及三多戲院附近的書店搜購。也向臺、港兩地郵購，八成都是文學著作及新詩詩集、期刊。後來投詩稿到臺灣的「龍族詩刊」、「大地詩刊」及「笠詩刊」，並與當年詩刊主編林煥彰兄結下深厚文緣，移澳後數年，意外可再續前誼，才能成就了我的作家夢。

我閱讀的範圍很廣，非局限於文學書冊，不論文藝作品、傳記、宗教、政治、經濟、天文、醫書、隨筆、遊記、小說、散文、詩詞、武俠、科幻、言情、偵探、鬼怪靈異、奇談趣聞、戰爭軍事等等，一書在手都會津津有味的捧讀。

此外，各國經典名著的中文譯書也多有涉獵，如愛爾蘭的James Joyce，法國的盧騷、大仲馬、卡內提、普魯斯特、福樓拜，英國的傳敖斯John Fowles、喬治歐威爾的「動物農莊」、丹布郎的「達文西秘碼」和阿嘉莎•克莉絲蒂的多部偵探小說，哥倫比亞諾貝爾獎獎得主加西亞馬奎斯所著「百年孤寂」，捷克的米蘭昆德拉和Jaroslan Hasek的「好兵師克歷險記」，澳洲的Colleen Mccullough，美國的福克納、馬克吐溫，蘇聯的杜斯妥也夫斯基、尼古拉果戈里、葉甫圖申科，日本的大江健三郎、三島由紀夫、遠滕周作、三蒲凌子、連城三紀彥等等，自嘲的話，也可算是「書呆子」了。

在原居地，要等兒女們入睡後，燈下展書，也讀了不少越南作家的越文原著。

到澳洲後，忙於生計，在工廠爭取上下午茶點和午餐時翻閱幾頁。週日、假期空閒才有多些時間捧讀，若乘搭火車，也必埋首書冊中。

如是贈書或自購的著作，閱讀時就用色筆在佳句處劃下，若是借書（墨爾本華僑文教服務中心啟用後，我成了常客。往昔向該中心借閱圖書幾百部，可惜該中心數年前已關閉。）則另紙備用，記錄其中警句或麗文。讀完全書，都做記錄，寫明該書作者、內容、文類、頁數、出版社及簡略評語。最多一年讀了七、八十冊，平均每年至少也讀了五十餘部，大約每週一本。

若以平均數計算，居澳二十八年，各類圖書已讀了一千四百本左右。以前想著古人常說的「讀萬卷書」，錯以為至少要讀一萬冊才夠得上是做學問者。後來終於明白，古早人的書，因為還沒有紙張，是將文字雕刻在竹片上，竹與竹間用線串起，可以捲成一卷卷。竹片雕刻的書，一卷頂多萬餘字，等於現在書冊的十分之一容量而已。讀書破萬卷，也不外是如今的一千冊。哈！想到是如此，也真有點開心，原來我早已「讀過萬卷書」啦！

文人們都會用「寧可食無肉，不可居無竹」這兩句名言來描寫其家居如何典雅，我卻崇尚食有肉而居無竹。但因嗜讀書，借用名句改為「寧可居無竹，不可讀無書」。我的「無相齋」藏書過千冊，絕不會有「讀無書」的情況出現。

因為經歷過戰爭，南越淪陷後被迫焚稿，藏書盡被越共沒收。逃亡餘生，對書冊再不執著。去年才清點了數百本各類圖書，贈給史賓威市中華公學圖書館，以免家居書災為患。

一日不讀書，我總怕言語無味。那些胸無點墨之人，在俗世中翻滾，無非為滿足臭皮囊的無盡慾壑，其俗可想。因為不讀書的人，無法明白精神糧食對人的靈魂有多麼重要？書冊都是智慧的結晶，是不朽者留下的金石良言。

海外華裔對兒女教育極為重視，可忘了身教言教要並重，若父母從不看冊，如何能讓子女對書籍發生興趣呢？怎能教導子女用功求學呢？尤其那些嗜賭的家長，視書為「輸」，其兒女輩在不見書冊的家庭中成長，又怎會對書本好感？

那年在德國過聖誕，節前搶購禮物的日耳曼人，將書局擠到水洩不通，他們買書作為禮物送給至親友好，真令我好感動。華人鮮有將書當禮品，是否怕「輸」或恐惹怒受禮者，實難查究。

乘火車，當我像不少洋人般靜靜讀書時，耳際湧來的雜音竟多是各種華語，真感無奈與羞愧。這些同胞們，縱不愛讀書，至少也該入鄉隨俗？公眾場合，豈可喧嘩影響他人？華社某些首長不是整日都在嚷嚷要「融入主流社會」嗎？

得體的言行舉止，公眾地方不喧鬧，排隊輪候上下公車，學會尊重他人，待人彬彬有禮，這些正是主流社會的良好風俗習慣。僑領們，請以身作則，始能言及「融入」的大題目啊！

開卷有益，卷是古書冊的另類名稱，改以今語，應是「讀書有益」，養成閱讀書冊的習慣，將會終身受益。讀書除了增強個人修養學識，充實生活，娛悅身心外，並可為子孫立下好榜樣，世代書香之家，必有餘慶，不可不知也。

二〇〇七年三月十五日蒞澳定居二十八週年於墨爾本

發表於同年八月十五日臺灣人間福報副刊

俘虜

喜歡上美人，就被她的輕顰淺笑所迷惑，對她的倩影念念不忘，心中老想著去見她，相對時縱是無言也可慰相思。我居然不知不覺成了她的俘虜，言聽計從，一通電話，就放下工作，巴巴趕去，前後幾小時陪她玩耍，樂此不疲。

而真正俘虜我的卻是在幾年前跌落那個怪物所佈下的陷阱。

我好好的爬格子，拿筆寫作本來自得其樂，雖然寫多了右手肌肉經常痛，但這些年來早已學會與痛楚同在，手痛已成為我生活的一部份，不痛反而不習慣呢。也不知如何的鬼使神推，竟要把半生的寫作習慣來個大轉變，臨老學吹打。面向螢光幕，冰冷的一面鏡片，運用十指，讓一個個方塊字跳上去。那自學過程，若無狂熱執著及不認輸的堅持，早已放棄。

從慢到快，也不知道花了多少心血與時日，終於漸入佳境，比手寫已快多了。如今再拿起筆來，竟握管寫不出字，這是始料不及的怪事，要回頭已太遲啦。

人的慣性一旦養成了，就難再變。也因此，如今創作若不對著螢光幕，十指不按鍵盤，靈感什麼的通通飛遁了。我成了現代科技產品電腦的俘虜多時，竟不自知。因為幾年來被俘後並無不妥，一切想當然的順利美好。

用了電腦自然要上網，上網後由於太方便，立即被迷上了。人是縱容不得的動物，有車可乘者再不肯步行，放著方便不用，是鮮有人做得到的事。我自不例外，不知不覺墮入了網中虛幻的世界而難自拔，每日定時上網，往往到了晚餐時要嬌妻三催四請還不甘心移駕前去用飯，有時溫柔的婉冰不聲不響的自個兒先祭了五臟廟，等我迷完了網站或感到餓肚時才猛想起該用餐，嬌妻已獨個兒吃完在觀看新聞了。

這些點滴還不能令我發現已被俘虜，直到幾天前，開了電腦可就是不能上網，而網站卻並無不妥。小女婿是電腦專家，告知因為藏了太多垃圾在內，要先清理。打開找到一個文件，天啊！竟然存檔了九千八百多件不知何年何時被自動存入去的東西？於是開始大刪除，弄到三更半夜只減少了四分一。

翌日，心急的再清掃，也忘了問清楚如何找出那個文件檔，見到視窗檔內也存了四五百個項目，就把可刪去的以四十個一組的按下刪除鍵，除到不能被刪的訊號出現為止。

沒想到居然把大堆重要檔案刪了，電腦再也無心工作，螢光幕上一片黑暗，搞擺工呢？女婿說不該亂刪視窗中的任何文件，他來幫忙開機，專家一看，十來分鐘後就說無救了。

這兩天對著死去的怪物，冷冷冰冰本來不起眼的東西，死了就算吧，一向瀟灑的我，卻有點徬徨失落，如喪考妣般不知如何是好？前天受邀聆賞了「肇風中樂團」與「香港青少年國樂團」的大型演奏，打了篇消息稿，再不傳去報館，也許會成為明日黃花，也愧對張裕光團長的所託。於是去圖書館，會員可免費上網一小時，立即傳稿，哈！公家的電腦不安裝中文系統，碟中文字成了亂碼，也無法抽出放入「附件」中。想起媳婦會用中文電腦，趕緊打電話，幸好她休假在家，立即帶了磁碟，終於把稿順利傳到所有報社了。

女婿再來我書房，搶修死去的電腦，重新安裝各種系統。經過幾個小時的打打按按，怪物又顯現了應有盡有的效能，網絡也恢復正常了。失去的五光十色的世界，剎那回到眼前來，心中雀躍無比，晚飯時開了紅酒感謝小女婿的幫忙。

電腦起死回生，可是藏在原先的相片檔中及文字檔中的全部東西都消失了。那真是無奈的事啊，經此教訓，才知道自己對電腦的認識還很幼稚，所知真有限。

才真真正正明白，我早已成了電腦的俘虜。本文開始提及的美人是未足四歲的外孫張伊婷，不管我多歡喜她，她只把外婆婉冰當成了甜心，而對我不假以顏色，說公公不是她的甜心。也許她知道，婆婆心中把她當成最愛，而真正俘虜公公的是電腦。

二〇〇四年七月二十八日於無相齋

藏書

讀初中時存下點零用錢，便逛書店買書，那時買回來的著作都是經過千挑百選，課餘急不及待的捧讀，買回來的書未多久就都讀完了。

十七歲初中畢業，因是長子，要承父業從事買賣咖啡和茶葉，無法再深造。喜愛文學，業餘已養成了閱讀習慣。利用晚間讀書自修，以補無法上高中的不足。

往後逛書局便成了空閒時的一種消遣，喜歡的書籍，一次過買下三、五本。買的當兒都存心捧讀，回家在書本首頁蓋了印章，分類放上書櫃。來不及讀完，下次逛書局，瞄見合意的新書忍不住又購買。

婚後幾年，先父建了一棟三層新住宅給我。有了自己的新居，佈置小樓閣成為書房，四壁幾個大書櫃和書架，未久便滿滿都是各類辭典、書籍。經商、賺錢來得容易，個人沒別的花費，逛書店買書比求學時自然大方得多了。

除了無法推辭的商務應酬，晚上大多時間都在書房讀書、寫作。書房成了我的小天地，子女和佣人都不許踏進。賢妻知我嗜好，盡量約束兒女們，不讓他們隨便擾我。

一九七五年四月三十日南越淪陷，未久越共發動消除「美偽文化」戰役。家家戶戶都要在限令時日前，將家中所有「美偽」書籍、反動報章、雜誌通通拿到門前，等待人民自衛隊來沒收。

我的藏書九成來自臺灣、香港，只有少數越文著作是當地出版社發行。但凡屬舊政權時期的出版物，除了工具書如字典、藥典等外，餘者全都被充公，為數幾千本各類書本通通搬出大門外。最難過的是個人十四年的作品剪報，包括了小說、詩作、散文、雜文等文類，貼成七、八本厚厚的部冊。部份是在臺、港報刊雜誌發表的作品，自然統統是「反動」文字啦，更因先父對共產黨的真知灼見，唯恐我的文章成為「文字獄」有力罪証，早就耳提面命要我小心。只好等兒女們安睡後，和太太到廚房悄悄焚稿。

焚稿心情，真是心如刀割，十多年心血付之流水。在越共治下，全國華文報紙都停刊，只存下唯一的「黨報」——「解放日報」，當然再無園地發表，文友們都自動封筆。

苛政當道，才知悉連書籍也有罪。我前半生的幾千冊藏書、十四年業餘寫作的存稿剪報就此一筆報消了。

自一九七五年四月到一九七八年八月，這段生活在越共苛政下的時期，我以前的書齋變成兒女們的玩耍處。以為今生就此完結了，十七歲立志要當作家的夢想，眼看經已漸漸接近，晴天霹靂的大變化，竟以焚稿收場，真讓我欲哭無淚。

投奔汪洋，全家大難不死，待在印尼半年後，一九七九年三月終獲澳洲收容而移居人間淨土墨爾本。

整整四年沒看過書報，到墨爾本未久，領到點津貼金，即時和友人乘火車去華埠書局買書報，對久違的精神糧食真是如飢似渴，日讀夜啃。書生本色，愛書嗜好難改，焚書四年後，在新鄉又再開始了買書藏書。

封筆七年，直到一九八一年「維省印支華人相濟會」創會、翌年發行特刊，身為中文秘書的我，要執筆撰文交差。誰知一發不可收拾，及至拙書長篇小說「沉城驚夢」出版又獲得「僑聯總會」年度文藝創作首獎，才真正圓了我的作家夢。

有了過去那段藏書被沒收的慘痛記憶，而且在新鄉不再經商，薪俸僅足家庭開支，（供四個子女上學，夫婦兩份工資才勉強夠用。）購書熱情早已冷卻，真正要讀的著作，才會買，買的書必定爭取讀完。隨著歲月流轉，不知不覺，家中幾個書廚也早已書滿為患了。

近十餘年來，每月幾乎都收到各國作家文友們的新書，及各地作協發行的月刊、雙月刊。每次受邀去海外出席文學會議，必帶回幾十部贈書，這些有作者親筆簽名的贈禮，實在珍貴，早訂下「恕不外借」的規約。

去年初得知史賓威中華公學成立了圖書館，抽空點閱藏書，將非贈書及已讀過的著作清理，裝了十來箱，分數次將幾百本送給該圖書館。

如今，還收藏了不到一千本，包括幾百本是作者親筆簽名。有些朋友，家中書滿成災？雪梨某文人，誇稱家有萬本藏書，對這等書痴，愛書成癖，我懷疑藏書過萬冊者，根本無法讀遍家中書籍。他們藏書有如集郵、集錢幣、購骨董、存字畫、藏鼻煙壺、收奇石、搜購小汽車、小飛機模型等嗜好。

去年定居美國德州的潘國鴻詩友郵寄兩千五百七十四本各類著作給我，包括整部大藏經、金庸、古龍、梁羽生的武俠著作、現代文學、世界文學、傳記、言情、科幻、衛斯理系列、哲學、經濟、電腦、宗教、影音，藝術等，都錄在十四片磁碟，存入小小的一個布盒，磁碟外注明書籍類別。二千多本書冊可隨身攜帶，有了這類電子書，藏書真的方便多了，別說是萬部，百萬冊也都能藏在一個小廚櫃呢。

書災這個語不驚人死不休的詞語，在新世代必將成為過去式了。藏書家也大可不必傷惱肋，怕只怕我們幾生幾世都無法讀完這些經典著作啊！

二〇〇七年二月二十八日於墨爾本

活菩薩

歲月悠悠，轉瞬來澳已二十五年，四分之一世紀的改變很大，當年牽著才五歲的小兒子明仁走出墨爾本機場，今日他已是銀行經理。那個性格內向的老三明哲才十一歲，怎想到他會成為美國「電腦科技公司」的高級行政董事，終年奔波於東南亞各國，父子難得會面。嬌柔的女兒已為人母，為我養育了一對甜心般的乖孫女伊婷和伊寧，而叫我爺爺的大孫女如珮也已上初中了。

二十五年，彷彿如夢，也頗似是昨天，回首往事，那段怒海逃亡的夢魘如影隨形。晨起散步，和內子婉冰回顧前塵往事，想到荒島十七天，家人和全船千二百人都能平安渡過苦難，除了感謝老天爺的慈悲厚愛外，亦感激祖上積德，先父母多行善事，才使兒孫逢凶化吉，絕處重生。也憶起在荒島上遇見的活菩薩，若他不出現，也真不知斷糧之後的日子會有何災難發生了？

巴拿馬註冊八百噸的「南極星座」舊貨輪，在公海上被四艘漁船上一千二百多個男女老幼越南難民登上，在南中國海面航行了十三天，被馬來西亞海軍無情驅趕出大洋後，終於在印尼平芝寶島（Pengipu Island）觸礁。微曦中發現陸地，我們大喜，及至天亮登陸，始知是個無人的荒島，而輪船前倉底已被珊瑚礁觸破。海水湧入，令船傾斜了三十度，成了棄船。大家唯有狼狽不堪的上岸，就在沙灘上棲風宿雨，整整十七日夜，我們能生還重活於世，實在是個奇蹟。

貨輪上的食水庫幸未被海水混淆，在我領導發施號令下，（貨輪航行三天，因我協助船長統計人數，而被難友們公推為總代表。見拙書「怒海驚魂30日」有詳細描寫。）工作組天亮即去提水上島分派，每天每人只得半公升。地近赤道的荒島，每日氣溫達攝氏四十六七度，那半升水，僅夠活命。中午大家唯有全家老少都浸泡在海水裏幾小時，以逃避毒日的照射。幸而老天可憐我們這大班苦難人，往往午夜天降甘霖，雖然都成了落湯雞，人人不怨反喜，爭相抑首吞飲甘露，還拿一切奇怪狀的容器盛雨水。

淪落荒島八天後，人人所帶的乾糧，都將不繼，食量較大的年青輩，早已忍受飢餓折磨了。海中魚群頗多，可惜逃難時誰會想到帶釣魚工具呢？空手又無法撈魚，只好「望魚興嘆」了！

那晚月明星稀，半夜守更人員忽然鳴鑼示警，我在夢鄉中被喚醒，沙灘上所有難民皆翻身而起。火堆映照中但見七八個黑人拿著漁具木棍，吱吱喳喳指著我們。我們起初以為是海盜，瞧到只不過七八人，又無武器，大家膽子也大了。雙方漸漸靠近，忽聞其中一個膚色較白者用潮州話不斷的重複著：「令時沈米朗？」

「令時沈米朗？」（你們是什麼人？）真是世界上最悅耳的聲音了，我精通潮語，立即越眾而出，大聲回話：「阮時加己朗！」（我們是自家人！）

原來他是印尼土生的華裔，也是這艘漁船的主人，那幾位黑人是印尼土著漁夫。他姓許，有個長長的難記的印尼名字，互報姓氏，言語能通，消弭誤會後，他對我們這千多落難者，大表同情，立即命令漁夫到船上挑來多籮鮮魚。

逃難將近二十多天，已經沒享受過海鮮了，大家睡意全消，分到魚後急不及待的生火燒魚。處處火堆，香味洋溢，什麼怪魚也有，沒見過的有點怕，但許先生要我轉達，任何在海中捕撈的魚，知名與不知名，都可以放心食用。

當晚傾談，許先生竟看上了觸礁擱淺的破輪船，問我是否可以交易？我真的想也不想的立即滿口充諾，帶他去見那位會說閩南話的芬蘭船長，（我當時不會講英文，因是閩南人，可以和船長溝通，才誤打誤撞為他解決了點算全船難民人數，而成為逃難時的領導。）船長的條件很簡單，只要把他和水手團載去新加坡就行了。而我則要求給我們三四天的海鮮。許先生很真誠，他說我不提，也會留下來打魚，供給大家海鮮，因為「我們是自己人」。

那幾天，我們過著人生最幸福的日子，天天烤魚燒魚，分到的魚，各式各樣，有大有小，奇形怪狀見也沒見過的都有，海底真是個大寶藏啊。大家食的魚，都不加任何調味，要配料也沒有，只好原味入口，雖然有些微腥氣，但在斷糧時刻，有此天下至美之海鮮，夫復何求呢？

幾日後，許先生在黃昏時準備妥當，向我告辭，說再不走，漁船燃料用盡，他們也要淪落荒島了。他應允一回到漁港立即向印尼當局報告我們的遭遇和所在荒島的位置。貨輪船長也來握別，他帶同六位水手隨許先生回去，以免被印尼海軍拘捕，控告他非法運載人口，被判「蛇頭」之罪。他也保証平安回到新加坡，即刻打電給官方，要我們安心。

目送他們的小漁船消失在水平線上，我們不免惆悵，卻也只好把希望寄託在他們身上。至少，我相信許先生那顆菩薩心腸和貨輪船長的專業道德，他們回到陸地，必定會向有關當局反映。

難挨的苦日子再渡過了幾天，那天微曦初露時，海面視線內突然冒出大戰艦的影子，全島難民歡呼。不少父老跪地叩謝菩薩保佑，絕境逢生，也有人相擁喜極而泣。當日，印尼七千噸級的戰艦把我們一千二百零四位男女老幼救離荒島，運往丹容比娜島的橡膠園內難民營地。

悠悠時光飛逝，那位在我們淪落荒島幾近斷糧時出現的許先生，別後我再無緣與他重遇。每一念及，他對我們全船的恩德，只能以「活菩薩」形容。在定居新鄉二十五載後，僅撰文以感其大恩。

二〇〇四年三月十五日於墨爾本無相齋

同年四月二十三日首發於臺灣人間福報「覺世副刊」

榮枯並存

多年前去參觀畫展，在琳瑯滿目的幾十幅各式畫作前徘徊欣賞，被那位畫家的畫藝吸引。每幅作品不單是呈現了寫生的景物和把繽紛色彩塗抹在畫紙上，讓美感宣染著觀者的眼睛。而且只要留心細膩的深入去看，每幅畫宛若是收存了作者的靈魂般，有許多話要傾訴，但又盡在不言中，只可用心去意會了。

其中有一幅畫面背景是陰霾霧氣瀰漫，蕭殺之氣中有兩棵樹屹立，一棵的枝椏已全枯萎，再無半點存活氣息；另一棵卻是綠葉清翠，盈滿活潑生機。我站在這幅奇怪的圖畫前躑躅良久，想解讀究竟作品完成季候是冬是春？為什麼畫家要把再無生命的枯樹入畫？

我自己不會繪畫，但喜歡想像，對萬事萬物也充滿了好奇，尤其是對生命的迷思，更有一份近乎執著的要去了解。因此，我竟立在畫前苦苦探索，想著春天時節，萬物應是欣欣向榮，右方濃蔭綠樹本是很好寫照，但左旁的枯木為何要讓它佔据了畫面的不少空間，豈非矛盾？要是當時是冬天，萬物冬眠蕭瑟之氣充溢，背景有些像，但青翠樹葉卻又推翻了設想。

終是尋不到自己滿意的答案，本要去找那位畫家問個明白，可當天畫家忙得不可開交，被眾多人圍繞，我根本無法靠近他身邊，也只得作罷。

這個疑問在離開展覽館後，也就如輕風掠過，再不留半分痕跡，免得自尋煩惱。偶讀武俠小說閒書，人物居然有位出世高僧「榮枯大師」，因為練上乘武功榮枯大法，半邊身體竟然肌肉萎縮，另一半卻和常人無異，小說家言，豈可置信？

在我愚昧的思維中，一切生命本來非榮即枯，由榮而枯，榮與枯也就是生與死的兩面，絕無妥協，更難並存，那是定理也是真理。

我居住的墨爾本，是四季分明的城市，由於天氣變化多端，被說成是「一日四季」的地方？當然那只是跨大的形容，無須認真。每年這兒的冬季是從六月開始，在大寒天裏為了怕冷霧浸入室內，所有玻璃門窗皆拉下了厚厚的帷幔。我因為早起，晨運後進早點，廚房雖然面對著後園，但都被窗簾擋住了視線。縱然拉開，園外也是一片黑暗。

今天難得賴床，吃早餐時已近八點鐘，窗帷扯了上去，天色已大亮，後園景物輪廓分明，抬頭無意瞧見一幅極之熟悉的圖畫，映入眼瞳的竟是多年前令我百思難解的那幅國畫的奇怪構圖。

玻璃窗上彷彿就是那幅畫的再現，左方的無花果樹光禿禿的只剩下縱橫交叉的枯枝，幾隻黃鶯在枝椏上跳躍。右旁的枇杷樹卻青翠茂盛，綠葉重疊。深埋多年的記憶忽然被抽了出來，好似在電腦鍵盤上按下了打開之鍵般，當年立在那幅圖畫前的情景歷歷在目。啊！我終於明白了，如護至寶似的心情真想高呼聲大叫，那位畫家寫生的季節正是冬季無誤。

而且，畫面上呈現的枯樹，卻是生命旺盛的植物，無非是在冬眠而已。一如後園這棵無花果樹，只待春到人間，它身上交錯的禿枝就會變魔術般的長出茂密蔥鬱的千張萬張大葉片來，並且很快就會結出鮮甜美味的纍纍果實。

植物界的生命真神奇，為了保存元氣，秋天時讓舊葉落盡，然後冬眠，待春至重生，如此的循環輪迴，生生不息。

眼見為實，一向是許多人信奉的真理。我也根深柢固的執著這一假象，見不到的東西不肯相信，自以為見到的才是實相？像那幅畫，一直主觀認知那棵枯樹早已死亡，就無法擺脫先入為主的成見，畢竟局限了自己的視野。世間上原來不但榮枯可以並存，而且，眼見未必是事實，冬眠的樹並沒有喪失了生命，枯枝還會變回一樹茂盛的青綠。

那位畫家寫生時，並沒有強調枯樹不再有生命，完全是觀畫人自作聰明，冬天大自然有其適應的方法，榮與枯，無非是世人短淺的目光下的定義吧了。實在，枯者本來就是榮，榮者總會變成枯，榮與枯，枯與榮，無非是生生不息的生命輪迴。

要等那麼多年後，今天才無意打開了當年觀畫的謎團，自家後園進出，卻極少注意到園地本來的面目。是大意也是無心，要待玻璃窗重現了似曾相識的圖畫，記憶才重新被勾起。心中疑團因而煙消雲散，榮枯本來就是一而二二而一，共存或獨存，終究也是幻影，實相本無相，明白後，心中一片清晰。

二〇〇四年六月二十八日冬於無相齋

文房一寶

中國往昔文人的書齋，除了藏書，必在寫字桌上放了紙、筆、墨、硯這四種被稱為「文房四寶」的書寫工具，缺一不可。有名望、地位的士大夫們，更追求高檔次的古硯、珍品毛筆、名貴黑墨及上好的宣紙，以顯耀於文壇詩社同好間，這種風氣一直維持到民初。

洋風吹拂華夏大地，傳進了墨水筆，除了書法家們為了對「書法」這門傳統藝術的執著，為求盡善盡美而依然沿用「四寶」外，大多數人皆棄石硯而以現成墨水替代，因而從始四寶變成了三寶，就是紙、筆、墨了。省卻了每次書寫皆要磨墨的麻煩，人類都會追求方便，發明了汽車後誰還願意乘馬車呢？

科技日新月異，再來有了原珠筆，也叫原子筆，比之墨水筆更上層樓，不須在用墨水筆時，往往要將筆放入墨水瓶中蘸墨或吸入墨汁。從此，一筆一紙便可隨時隨地的書寫，不必似古人不能將文房四寶帶在身上。如今有了「二寶」，口袋中插了枝原珠筆和一張白紙，到那兒皆能把所思所想所見所聞寫下，硯和墨再無用武之地了。

電腦普及後，尤其中文輸入法的改良，使到近年來海內外華人社會也與世界其他國家人民同步暢遊於網絡中了。自始，中國歷來文人們慣用的「文房四寶」就走入了一如華夏煙遠的歷史，被塵封被遺棄了。暫時未學會電腦的人，也只用二寶足矣！

我青少年求學時，還有書法課，才無可奈何的要用「四寶」，應付了老師，交了彷若張天師劃符的習字薄後，並不喜歡這四種麻煩的書寫工具。故而，我未能成為書法家，和我怕麻煩的天性有關吧？大半生多是在「三寶」和「二寶」的工具中完成我的文字創作。

直到六年前，獲悉部份海外文友們放棄了「爬格子」的寫作方法，開始改用電腦創作，讓我極之羡慕。決心向他們看齊，對當時尚未成婚，仍與我們一起生活的小兒子明仁房中的電腦，問東問西，可惜他的電腦獨有英文輸入。只能教我一些基本運作，我恐防忘掉，唯有一一將它記入小冊子。

後來兒子換了新電腦，把陳舊的移到我書齋，朋友幫我轉了中文系統，買回手寫版，哈！我開始在電腦創作了。但名為電腦創作，實在還不是用電腦筆在一塊小版上塗鴉，不過把原先的紙換成了電腦螢光幕顯現出來的字體，速度並無增快。有時，由於電腦認字不清，一個字花了比在紙上寫時多上十倍時間，真氣人也。

鄭毅中兄開始在電腦上打公函，令我大為驚訝，問了才知他用ㄅㄆㄇㄈ注音輸入打字，我在小學學過的注音，早已奉還給老師了，無法從新再學。有一次，毅中兄在臺灣買了一本蘇清得老師著的「新倉頡中文輸入」，說太忙無時間翻閱，我好奇向他借回家，將磁碟存入電腦後，開始按書本的內容自學這類我從無聽聞的中文輸入法。

無師自通說來誇張，出版書冊教導指點者也就是老師。我自知並非聰敏之人，但卻有不認輸的脾氣，一字字一頁頁的按步就班的慢吞吞學習。每天學十個八個字，解碼方法有如玩電子遊戲，每當打出一個字，也就是說對該字的解碼成功了，心中實在高興，解不開時，自然衍生了挫折感。

明白了方法，要緊的是持之以恆，所謂業精於勤，工多手熟，從慢自然到快，不灰心不氣餒，前人云「有志者事竟成」，誠不欺我也。幾年來，我不知不覺早成了電腦的俘虜啦。而我的書齋書桌上，只放了「文房一寶」，冷冷冰冰的電腦。

前天，朋友送我一對精美的原珠筆時，我脫口而說這幾年來再不拿筆了，我這個作家已不會寫字啦，要筆何用？再三婉拒，卻無法推卻吾友誠意。

後來想想，我並非誇張，實在已到了執筆忘字了。被電腦俘虜後，方塊字在我腦中，已成了電腦鍵盤上二十九個鍵了，我是應用「大新倉頡輸入法」，二十六個英文字母及加上「；」「，」「。」這三個標點號，就成了全部「中文」了。

這類輸入法快速又易學，高明者每分鐘可打出兩百字，比其他多類中文輸入法更快更準。有二十六個字是打一個英文字母就行了，比如敲打L、W、O、P，「中國人民」這四個字便顯現了。

常用又極多筆劃的七百二十六個字輸入，每個字只需打兩個鍵，如：GX＝城，VZ＝鄉，GG＝臺，EN＝灣。連體字通常只要打三鍵，如：JWJ＝車，YVQ＝牽。多筆劃的中文字，最多也只打四個鍵，如：LMLN＝劃，TKNL＝鄭。

同時，九成的字是不必選字，打對就跳出來了。比用注音或用大陸式拼音，要在螢光幕上看到眼花才能選到合用的字快得多了。我說執筆忘字，是因為用了幾年電腦後，中文在我腦中再不是一個個字，而成了鍵盤上的二十九個鍵。方塊字變成了從在一個鍵到四個鍵中遊走，也就是拆字遊戲，把一個字最多拆成四個符號敲打，立即跳到眼前了，真是妙不可言呢。

「史賓威中華公學」理事會的梁善吉會長，與「維省印支華人相濟會」的鄭毅中會長不約而同的先後邀我前往教中文輸入法。微末之技本不敢賣弄，恐被識者貽笑，初始本以為老友想學，先聲明並無教學經驗。殊不知竟邀來十位好學的中年友輩，盛情難卻，唯有大膽開班，和友人分享易學易懂又輕鬆的電腦中打。

如今第二屆課程即將結業，第三屆未開課早已額滿，這實在非我能料之事。

文房一寶，已成為現代人書寫最佳工具，本來極難的方塊字已變成二十九個鍵，快速方便易明。活到老學到老，學會電腦，地球村才能展現在小小螢光幕前，何樂而不為呢。

二〇〇六年七月十九日於墨爾本

（翌年二月拙文被收錄於臺灣蘇清得老師所著「大新倉頡輸入法達人」教科書）

虛擬世界

一切諸相，即是非相；
一切眾生，即非眾生。

在電腦網絡發明前，根本無法真正了解琉璃世界實在人生，竟然會是佛祖如來所說法一般。也因此要我這類五俗凡夫去對金剛經的深義了解，幾乎是白費心機。可能是還無此因緣，或被塵埃包裹著的清靜心，已沉迷於這五光十色的幻象而不自知。

那年竟狂妄膽大的捧起這本經書向病榻上的老父詮釋，一知半解，雖令從來無緣得聆佛法的先父心生歡喜，得曲解經義畢竟是罪過。也許嚴父明知我淺薄或有錯，不願爭辯而讓我沾沾自喜也未可知？

網絡接上後，這數載時光，每日面對著三公寸平方左右的螢光幕，整個花花世界剎那被濃縮在眼前。

天涯若比鄰是最貼切的形容，不論遠在紐約的好同窗或近在咫尺的朋友，遠遊的子女，定居歐洲的侄兒女們，在新疆牧羊場的文友或仍逗留於越南的舊識及神交的網友，他們的喜怒哀樂，莫不全然躍於網上，讓我分享或轉告行蹤。概無距離阻隔，也無時空之別，都在方寸間顯現。

一封信一首詩一篇小說，可以剎那傳遍天涯海角，讓身處不同國度不同地區的親朋指正。電話及傳真只能一對一的溝通，而電腦「易妙」卻能一對十對百，其快無比，威力無窮。

然後是發生在地球任何一個角落的時事、新聞、動亂、天災人禍、戰爭等等好的壞的圖文消息通通湧入眼簾。

全球成千上萬不同語言的電臺播出的美妙音樂、講座、報導、清談、專訪、特輯節目、各類的傳教講經、故事、連篇鬼話等等盈耳繞樑。

令青少年們迷戀的電玩全天候的開放，對敵或集體齊齊混戰，天昏地暗日月無光，只願面對眼前方寸的小小世界，煩惱全拋諸腦後。

購物中心、股票投資、銀行業務、情色交易、汽車買賣、地產廣告、交友徵婚、查詢找尋各類信息、千萬條大道，真個是條條大路通羅馬。

再來是影像的傳遞，友朋間互相的交換，或者和陌生的網中人傳閱，千奇百怪的照片，美不勝收有之，醜陋惡心亦有。

還有寂寞的深閨夢裏人，在茫茫網海中浮沉，希冀捕住一個或數個「情人」，浪漫蒂克的妳濃我濃一番。也許幸運者可以萬中挑到一個成就好因緣，但大多數是水泡一樣的，讓孤獨的心靈有個暫時的安慰，有個解意人，明知是虛情假意，也可有剎那的痲醉快感。

每日三幾小時在網海中浮游，自得其樂。一開網後，再難自拔，人彷彿被俘虜進入另一度時空，那兒有無盡寶藏，等著我去開拓去追尋去發掘去了解去回應去爭論去觀賞去傳遞去閱讀去收集。

往往忘了晚餐時間，要老伴三催四促，始心不甘情不願的按上關閉鍵，頓時整個繽紛的世界就在我眼瞳中消失，螢光幕上驟然黯淡而至畫面全黑。我彷彿太空人重返地球時再度感受到地心吸力般的難受，茫茫然的對著電腦，難道先前一切原來無非是幻景？

輕輕的撫摸螢光幕，沒有聲音，也再無影相，散布地球各角落的文朋詩友，神交的網友，親人子侄等竟都隱藏入這個小小方寸的虛擬世界中，真耶假耶？剎時間我竟也迷糊了。

回返所謂真實的人生，一切紛紛擾擾，所思所所想所行所做所言所聽所見所聞等等情事，日日如是，變化不大，重覆又重覆，一生再生的輪迴再輪迴，究竟有什麼義意？

擁有的財物、親人、朋友、名譽、社會地位、金錢、可見可摸可用可動可說可觸，這些人與物構成的又衍生的七情六慾，喜怒哀樂悲歡愁，都可以感覺並能証明存在。

但都是真的嗎？如果那日大解脫時刻已至，要往生極樂了，上述的一切種種豈非一如方寸電腦內的繽紛世界？電源一關，立即把虛擬世界拋諸另度時空了。一息不再，呼吸止住，臭皮囊不久便被蟲蛀物化，真像電腦給病毒入侵一樣，再難活動。

有了電腦網絡，人類從原本擁有的虛假時空自我造出另一個虛擬世界，假像不論多少，假的永遠不會變成真的東西。只不過，凡夫俗子的佛性因被塵埃所困，自以為那是真的了吧？

想起紅樓夢太虛幻境的對聯：「假作真時真亦假，無為有處有還無」。再印証了金剛經上的經文：「一切諸相，即是非相；一切眾生，即非眾生。」我們的所謂人生，真個是「如夢幻泡影，如露亦如電」了。

網絡中的景象竟是現實人生的另一映照，在滾滾紅塵中無法領悟的事實，由於電腦網上的虛擬世界，在電源切斷後回歸本來面目，終於使我明白了金剛經上的佛法真義，悟的境界有時得來全不費功夫呢。

二〇〇三年十月六日於墨爾本無相齋

開「筆」有感

猴年初一動手創作，心中盈滿喜氣，首先向讀者們賀歲，恭祝大家平安吉祥，事事如意，身體健康，福祿壽全。

善禱善頌是過年應有的口頭語，禮多人不怪，縱然文字見報，農年已飛走了。但在今天，敲打稿件時，上述祝詞自然流露，讀者們事後才知也無礙作者一番誠意。

在訂題目時，竟使我躊躇難決？科技進步，與時俱增，不少原本的詞語已無法應用，或難貼切形容。作家向來創作非用「筆」不可，年初一寫作，自然是開「筆」？可是我早已用電腦，敲打鍵盤替代了筆，如用「開電腦」、「開機」，符合了實況，卻難和創作連繫，故還是照舊用讀者熟悉的詞語，把筆字加上括號。

同是用電腦的人，有者是用手寫版掌心雷等輸入，電子感應筆畫在版上而成了電腦中文句，分別就不大，因為還是要用手去「寫」。

因而想到習慣詞語往往跟不上時代的進展，寄稿可以改為「傳稿」，寄信變成「傳信」，但還是不及英文譯出來的「易妙」來得傳神。讀書讀報和在網上閱讀，也有分別，暫時只能用

「讀電子書、讀電子報」來形容。寫稿要用「打稿」，古早的文房四寶，已漸成為紙筆二寶（除了寫書法者仍要保留墨硯二寶。）如今更只剩下一寶：電腦是也。

只要進入書房打開電腦，地球村就凝聚在小小的螢光幕裏，天涯海角的親友，謀面的或神交而未識盧山真相者，都可網上傳達心意。而人際關係卻比前更加疏離，「虛擬世界」佔據了人的大部時間，那還有多餘精力去維繫實在的交往。說來失禮，上月聖誕節前，我在網上傳出不少的電子賀卡，可真正的節日卡卻只寄了四張，一張給老岳母，三張給不用電腦的澳洲洋朋友，（上了年紀老眼昏花的洋人自和電腦無緣。）收到數十張來自海外的卡片點綴了客廳的氣氛，我卻無法回寄。

不與時日俱進者，就跟不上時代的軌跡。每個時代都有它的特徵，要不落後只得迎頭趕上，快快學習上網，學用電腦，古人說活到老學到老，一點沒錯。生活在澳洲，得天獨厚的環境，要活得充實無憾，不應沉淪在賭檯或老虎機，浪費生命金錢，那些賭徒可說枉度此生。

澳洲大大小小無數的圖書館都有十幾二十部電腦，免費供市民學習應用，家中還沒有電腦者，可安排時間先在圖書館借用，學會後再購置不遲。

懂得安排運用時間的人，人生會過得愉悅。虛擲浪費時間者，是不懂珍惜寶貴生命的人，在極其有限的一生中，渾渾噩噩度日子，自不免心神不寧，痛苦如影隨形。

猴年開始，大家都有許多憧憬，無論事業、家庭、健康、學業、運程、姻緣，莫不祈求樣樣皆好事事如意。但實在的際遇並非都能如願，還要看各自的修行各自的福份。

今年最令海外華裔關注的莫過於兩岸升溫的局勢，臺灣三月阿扁要搞的「公投」無非為了他爭取連任的「賭注」。這個滑頭的多面人，元旦日在臺灣林口大體育館還向中華民族炎黃先祖及萬姓始祖靈位上香供花奉果，等於公開承認他也是「炎黃後裔」？但另一方面卻欲去「中國化」而後快？這樣的人就是言行不一的「小人」，把政權再交給他，無疑把身家生命讓他去亂賭。兩岸是和是戰還得操縱在美國霸主的手上，中華民族不爭氣，才會落到如斯局面。有智慧有遠見的炎黃子孫，應該尋求兩岸「雙贏」的好結果，那才是中華民族的大福。

新年開「筆」，拉雜之感，在十指敲鍵中流出，無非和讀者們拜年。最後祝頌猴年世界和平，人類生活得更美滿更健康。

二〇〇四年元月廿二日甲申猴年初一於無相齋

數字迷信

中外人士都會有對數字迷信者，有些是宗教原因，其餘大都是無知和迷惑，再者是人云亦云、以訛傳訛而信以為真？

眾所週知的西方禁忌數字就是13號，尤其是某月份內十三日踫上星期五，就叫「黑色星期五」，都認為是不吉利的日子。因為二千餘年前耶穌基督被釘十字架，就是在十三日的星期五。是故，有些電梯是沒有第13層，12樓再上便是14樓，無非將13改成14而已。有些地產商新建屋宇，也會將門牌號碼避開13，以免13號房屋難以出售。

洋人多將7號看成幸運之數，原因不明；最忌諱的號碼當然是上述的13號。

也有個別喜歡將生辰日月看成好數字，我小兒子就將其誕辰向公路局申請選訂為車牌編號。

諧音的數字，被大多數無知者，尤其是賭徒們奉為圭臬，好諧音是和朝思夢想「發財」有關，因而8字就成了數字迷信者最愛。最被忌諱的當然是「死」字，所以4號便成了剋星，幾乎人人敬而遠之，避之唯恐不及？

多次受邀觀看粵劇曲藝演出，有幾次遇到那位迷信數字的男司儀，抽獎時，18號叫做「實發」（一定發達）？28是「易發」，168叫「一路發」，54叫「唔死」（唔是粵語，不會之意。）38變成「生發」。如此一來，14對他來講就成了「實死」，53成了唔生（不能生存）？真是無聊頂透，他卻沾沾自喜，自始至終不忘其對數字諧音對號入座的表演。

也因為這種迷信，成就了一些因數字護利的政府機構，如公路局，為迎合這些人，車牌有8字者，都要向喜愛的車主收較高的費用。香港更以投標式出售，有些車牌投價數百萬元，牌價比其名貴轎車車價高出多倍。

澳洲的售車經紀人，知道華人族群中存在著部份對數字迷信者，因而也懂得顧客心理，對有特殊要求的顧客，提高申請特別號碼車牌費用。年前我購買新車時，經紀人就拿出十多個不同車牌號碼供我選擇。沒特別要求，順序則免加費用，要我挑選，我想也不想說只要順序就好了，一看，是994號，居然是有個死字（4號）呢？哈！前面是99（諧音正是久久），看來我還會長命百歲呢？

其實4號對於不迷信者來說，無非是數字其中的一個。以前在原居地，先父母送紅包，還經常以每封四千元（當年越幣）做賀禮，說喜事要雙數。結婚前送聘禮去女家，禮盒的桔子是四盤、水果四盤、豬腿四隻、紅燒乳豬二隻、禮盒四擔、聘金四十萬元。我們從沒有將4字連想為「死」字，數字和「死」會有什麼關係？

擁有吉祥數字的車牌、門牌的人，是否就會一生幸運呢？非也非也。若果答案是肯定的話，那麼有錢人肯定世世代代都會一直幸運下去，因為這些人會把那些數字都以高價擁為己有，豈容他人染指。拿了168車牌的人，真的會「一路發」嗎？我識得的一位香港移民，他以前的名車就是用了１６８，可惜他花錢買到的「吉利」車牌１６８，非但沒有再大發達，反而家財盡毀。

賭徒們沉淪賭臺，最為迷信。有一次來墨市觀光的友人要我帶去皇冠賭場，為盡地主之誼，主隨客便，就為他導遊。我車內經常放了書本，隨手帶著進入皇冠賭場。當友人玩老虎機時，我便可找個較安靜的地方讀書等待。豈知這位性喜賭博的友人，當天只是參觀而不賭。後來他才說，從來沒見過有人「帶書」（帶輸）進賭場，不輸死才見鬼？我笑著對他証明帶書進賭場會贏。其實，當天已贏錢，不賭就贏啦！難道不是？

數字是死的一堆號碼，沒有靈魂沒有生命。人是活生生的動物，為何要讓一堆「死」的數字去影響喜怒哀樂呢？數字迷信者為求安心，不惜花錢去買回自己為「幸運」的號碼，不論自欺欺人也好，或者自我陶醉，都與他人無關。除了被識者暗中笑話外，個人自由無可厚非。

但像那位司儀在公共場合賣弄他「自以為是」的數字迷信行為，卻教人不敢恭維。觀眾群中並非完全都是如他一樣無知者，或如他一樣迷信者，怎可將其主觀強加給眾人呢？尤其這主觀涉及的是一種並無科學根据的「迷信」心態。

智者不惑，迷信數字會帶來好運或惡運者，智慧肯定未成熟未足夠。還是多讀點書，多與善知識為伍，多學點科學新知，有一天悟了人生道理，開竅了就會感到今是昨非，為自己過去對數字的執著而黯然失笑。

二〇〇六年十二月二十日於墨爾本

咖啡情緣

七十餘年前父親新婚未久就隻身飄洋過海，從閩南農村到柬埔寨金邊市投靠堂叔，搖身一變成為「金山大戲院」東主的侄兒，被視為富家子弟，到處覓職而沒人敢聘用。這是離鄉初始所沒想到之事，吃穿住都有著落，但總不能整日無所事事虛擲光陰吧？

在那段因失業苦惱的三年漫長時間中，有日路過某店，見戶外有人用手不斷轉著一個長型半圓鐵桶，桶下柴火熾烈。反正無事可做，又因好奇心重，就不恥下問。生平首次聽聞「哥悲」（咖啡）這奇怪詞句時，隨即被剛烘熟的白霧濃香嗆得逃之夭夭。

品嚐了第一口苦甜參半的黑色飲料，沒想到當晚輾轉難眠？卻被滿口濃郁芬芳的特殊香味，留在齒頰內纏綿，說不出的喜歡。

後來與鄉親一齊轉去南越魚米之鄉的巴川省，依然難覓工作。就興起了將學到烘焙咖啡技術用以謀生。與鄉親合作經營那種家鄉所無的豆子生意，兩年後將妻子接到南洋，創業開設「承源美咖啡莊」。

店舖與家居都在屋簷內，廚房還兼工地。我與兩位弟弟先後在店舖誕生，哇哇啼哭時吸入第一口空氣，就是咖啡奇特香味。還不懂說話就已被父親喂飲半湯匙的咖啡，自不能反抗也無從知悉是何滋味啦？

與咖啡結下深厚情緣，宛若是前生帶來般，今世再難擺脫咖啡因的纏繞了。甚至已傳給了兒女們，在舊金山教書的長女美詩，上班路過「星巴克」，必定停車買一紙杯帶回校享用，來澳探親最喜歡喝我為她沖泡的咖啡。看來孫輩們也會繼承下去，上大學的長孫女月前相邀共用午餐，點的就是她愛喝的咖啡。

一九五〇年，南越抗法游擊戰如火如荼，為避戰禍，父親攜婦將雛遷移到兩百餘里外的南越首都，在華埠堤岸（現改名胡志明市）落腳，從零開始了新生活。幾年後東山再起，到第五群六省大道附件的楊公澄街中段，開辦「源裕咖啡莊」，零售兼批發生熟咖啡豆與咖啡粉。

同業者為了競爭，售賣咖啡粉往往混進了玉米、花生豆，減輕成本，自然也將咖啡應有的香氣減掉。父親經營宗旨童叟無欺，絕不摻雜，價錢比別家高昂，但卻讓懂得品嚐咖啡的顧客歡迎。

生意蒸蒸日上，用手烘焙每爐只能十公斤，每小時焙好的熟咖啡豆只有八公斤。（生咖啡豆烘烤後蒸發水份只餘八成重量。）每日不到一百公斤，已不足供應，就購買新發明不久的電動烘焙機。由機器旋轉那個大圓鐵球，每球可容三十五公斤生豆子，球底是大火爐，要不斷添加柴枝。後來改良轉用煤氣，省事得多，只要倒進咖啡豆，點燃爐火，圓鐵球就自動旋轉了。

烘焙改為自動後，並非人人能做這份與火為伴的工作。雖不必添柴枝，也不必再用手旋轉鐵桶。但卻要時常將火爐拉開，關掉發動機使圓球停下，打開小小鐵蓋，用勺抽出圓球內豆子檢查。一不小心，圓球內幾十公斤咖啡就烘焦了。

聘用烘焙工，都由父親培訓。二弟可算是學到父親真傳，將這門難度極高的烘焙技術掌握到成為專家般。我十七歲初中畢業，被迫繼承父業，學做買賣，東奔西跑，整日在不同咖啡館咖啡廳與老闆們磨嘴皮，推銷我家售賣的咖啡。

父親四十七歲就半退休，每天在客廳和朋友喝咖啡聊天。反正對外有我擔任推銷員，工地由二弟管理。呈稅務局的會計薄冊也由我負責，並兼理銀行存取事務，只有晚上才有時間閱讀與寫作。

每次咖啡將熟前，工地濃煙沖出大廳外，左右鄰里都聞到那股特有的濃香。父親最令我們敬佩的是人在客廳，當咖啡香飄散四竄時，他能從香味準確無誤的分辨出烘焙中的豆子是否已夠熟？往往都因他示警，後面工友才趕快拉開鐵球倒出差點便焙焦，要倒進垃圾桶的廢品。

烘焙這種讓人上癮的豆子，烘熟前關鍵時刻若早兩三分鐘倒出來，補救方法是將地上麻包做成的地毯，蓋上那堆奇熱無比的黑豆。等上幾分鐘才拉開麻包地毯，用大木梳將咖啡粒拖拉成平面，散熱到變涼才可藏進布袋。工地上幾座電風扇經常要同時扭開，讓更多的涼風協助冷卻熱到發出響聲的咖啡，那相煎之聲彷彿是整群耍嘴皮的鳥雀吱吱喳喳爭執著似的。新技工們沒有把握前，為免負責任，大都採用提前幾分鐘倒出豆子。

如大意，超過了一分鐘才倒出來，要將豆子拉平，快速用冷水澆下滾燙冒煙的咖啡粒。雖然挽救了，但味道略顯焦苦，要混在完好的豆子慢慢出售。超過一分鐘以後，焦味難受，如何入口？只能倒掉。

到一九七三年，當時「越南咖啡公會主席」，「福隆咖啡行」老闆林蒼海兄，從德國入口全自動烘焙機，每次可烘一百公斤生豆子。烘焙咖啡這門專業技術已變得容易，只要學會開關、調校火爐溫度，再不用擔心會將生咖啡焙焦燒壞了。

在烘焙咖啡的濃香中渡過了三十年，直到南越易幟河山變色，華埠百業凋零。父親先知先覺命令我兄弟停業，才沒再讓咖啡香氣浸入五臟六腑，可那陣濃煙白霧和撲鼻清香，還偶然會在夢中繚繞不散呢。

昨日收到友人傳來有關喝咖啡文字，錄下讓讀者們參考：

喝咖啡的好處是咖啡可抑制多巴胺L-Dopa，預防老化、巴金森氏症、防癌，咖啡會活化大腦命令四肢時所需要的傳導物，年老以後身手較為協調，壞處是喝咖啡會流失鈣與一些維他命。懷孕前三個月禁喝，因易流產。此外，喝咖啡要選新鮮豆子，放久了會產生黃麴毒素。

其實，「要選新鮮豆子」是咖啡商的責任，飲用者選購的都是製成品，無從分別豆子是新是舊呢！

二〇一〇年十二月廿一日於墨爾本

葡萄美酒

早歲在越南堤岸，家族事業除了買賣咖啡及茶葉外，還經營洋酒士多店。越南因被法國殖民一百年，民俗深受法國影響，對酒的品嚐皆首選人頭馬、威士忌之類的烈酒。當年酒鋪陳列幾乎全是這類四十度酒精的洋酒。

唯有法國貓嘜商標的葡萄酒，是女性們「坐月」時必飲的補酒，因而也被稱謂女人酒。除此之外，我對葡萄酒可說一無所知了。

澳洲是葡萄酒盛產區，應酬及餐酒多配備紅酒或白酒，對於喝慣威士忌及XO烈酒的人，十三度半酒精的葡萄酒苑如清湯白水，劉伶之徒如何能過癮呢？而且公路警察經常測試駕駛人酒精含量，超過百分之零點零五時，輕則罰款扣分，重則當場吊銷駕照還要上法庭，大堆麻煩跟著來，故外出應酬也就不敢隨便沾酒了。

十餘年前，歐洲公佈了一份科研報告，說紅酒是健康飲料，每晚定時喝，能沖淡血管內的脂肪，減少心臟病的機率。剎時間，各國掀起了飲紅酒熱潮。

洋化而仍保存中華統傳孝道的三兒明哲，每從東南亞回澳探親或開會，必抽空帶我去選購紅酒，對我講解有關紅酒種種品牌、年份、產地及收藏方法。當然也詳細陳述如何品味，試酒時應有的學問。往往買一箱不同年份的紅酒，他只能帶二瓶出關，留下十瓶要我飲用。

不知不覺也就養成了喝紅酒的習慣，初始輕視它的低酒精含量，但兩小杯已達駕車極限的百分之零點零五酒精量。有次酒逢知己，和老友晚餐，三人竟喝了兩瓶，帶著浮游腳步駕車回家，幸好沒遇到交警，不然肯定丟掉駕照。

懂得克制，應酬從沒因酒失態，也不知那班酒仙們如何宣揚，居然都訛傳我酒量極佳！在墨爾本東南區的醒獅團教練黃炳雄和王三川兄有百杯不醉的雅號，每遇必要與我見高下。前者最高紀錄喝過八瓶，後者也能飲三瓶，我如何是對手呢？有自知之明，豈敢逞強！

月前到舊金山，內弟隆情，四個晚上為我開了七瓶晶瑩瓊漿。他擺放客廳四、五十瓶紅酒多為法國及加州Napa葡萄園所產，最貴五百元，餘者約在五十元至二百元間。（幣值為美元。）

最後一晚的兩瓶，是十二年陳酒和三年新釀，問我要先飲那一瓶？當然是三年新釀啦，好酒後飲是常識。開瓶半小時後試酒，略有澀味，還可入口。他一笑就將酒拿開，改倒陳酒，並問我知否新釀價格？

人的主觀絕對會影響判斷，他家中藏酒並非泛泛。此瓶至少值三十元吧？無法和前幾晚所飲相較，他大笑說平常都飲用這種每箱二十四元的加州紅酒。

每瓶二元，真難相信？澳洲最便宜的紙盒紅酒四公升裝，也要十五澳元。樽裝成本高，卻只售二元，如何有利可圖？紅酒價格差距之大，外行者真無法想像呢！

美國最貴的紅酒是一九九四年份的Screaming Eagle，每瓶是美金一萬一千五百元，相當於一萬三千澳元。三月中在香港拍賣的一組葡萄美酒，共六十二瓶，從一九四五年到二〇〇一年的法國紅酒，以八百萬港元成交。每瓶平均約二萬美元，而且要一次過買下整批六十二瓶。

這批佳釀比之世界最貴的紅酒又差得遠呢，那瓶一七八七年法國拉斐酒莊葡萄酒（Lafite-Rothschild），在一九八五年倫敦佳士得拍賣，以十六萬美元成交。

不是高官、巨富者，看來如我一樣是無緣品嚐上述這些極品名酒了，因而也無法知悉這類高級玉液入口是何味道？

但對於二元到上千元間的紅酒，好壞分別無非就在嘴內剎那間的口感；另一點差異是好酒醉後，醒時不會頭痛。廉酒宿醉後要吞亞斯匹林止痛片。對於促成身體健康，無論品牌高低貴賤的紅酒，那就沒有分別了。

親家翁朱炳圻將軍（曾多年擔任臺灣三軍總醫院院長）退休後移居墨爾本，他生前有次在我家晚宴，話題涉及紅酒。說若為了健康飲用，買四公升盒裝的就好。這位博學多才的一代名醫，對紅酒的看法，一語道破我心中所思。

玩物喪志，尤其酒精對人體並無真正好處。若為了口感或顯耀去追求力所不及的高級紅酒，除了辛苦外，也無法達到享受的樂趣。味蕾感覺不過剎那而已，只要吞下肚內，每瓶二元的紅酒和幾萬元最頂級的佳釀，絕無差別。

二〇〇八年五月四日於墨爾本

天庭浩瀚

天地大離亭，千古浮生都是客
芙蓉空艷色，百千人事盡如花

前晚電視報導英國天文學家發現了打破紀錄的巨大恆星，被命名為「R136a1」，比早年那顆震驚人類的「手槍星」（Pistol Star）大上一倍多。「手槍星」的質量相當於一百五十個太陽，已被譽為超級巨星，但這顆代號「R136a1」新星卻相當於三百二十個太陽的重量，比太陽亮一千萬倍。

螢光幕上是一片模糊星雲或星團，是從美國哈勃太空望遠鏡觀察攝影顯現。資料說它在大麥哲倫星系蜘蛛星雲內，溫度超越攝氏四萬度，比太陽熱七倍。

若這顆巨無霸星星是在太陽系中心，它將會吞食了太陽、地球、水星、火星和金星。真個萬幸之至，不然，豈止是世界末日呢？

那顆比它小一半的「手槍星」距我們兩萬五千光年，這顆則更遠，我們才能安然無恙啊。

小時候面對夜空，總要算算那些散布天幕的繁星有多少顆？當然，永遠也無法計算閃爍著的星群有多少？

還是看看十四年前美國天文學家公布對宇宙分片觀察結果，推算出宇宙總共有一千零二十億個銀河系，銀河系藏著一千億顆恆星。只要將一千零二十億乘一千億，不就是宇宙星星的總數了嗎？

可惜小計算機只能算到八位數，唯有用筆了，先賣個關子，讀者們請動動手，究竟宇宙總共有多少顆星星呢？

都知道宇宙無限大，我們的小腦袋如何去想像這個所謂「無限」呢？十餘年前一本美國地理雜誌回答了千萬好奇讀者的問題。轉錄如下：

如能乘座光速飛船去太空旅行（光速每秒鐘十八萬六千英里），從地球飛去太陽要花八分鐘。從太陽到銀河系中心要三萬三千年。而銀河系只是銀河星團中的一個，要穿越整個銀河系星團，又得用二百萬光年。然而，銀河星團只是巨大處女座星群中超星群的一部分，要穿越它們，就得花多五億年。

難怪某些不自量力的科學家口出狂言要征服太空，到今天只能探測到火星而已？人類壽命不過百年，以百年過客光陰要去揭開宇宙神秘黑幕，別說不知猴年馬月才能發明「光速」飛行器，縱然成功了，不外是在太陽系或銀河系附近逛逛而已。

上文賣關子的答案先解開，千億乘以一千零二十億，是一零二後加二十一個零，宇宙總共有一百零二億兆顆星星。（一兆等於一萬億。）

很多年前，小兒子明仁還在讀小學時，有一天父子散步，我當時正構思一篇「地球是一粒沙」的散文。隨口考考兒子，他竟肯定回話是我錯了，他說地球相對於太空，至多也只佔「半粒沙」的大小而已。以為小小年紀就信口雌黃胡說八道？但他說在圖書館借過多本天文學書籍讀過，不得不讓我刮目相看。

佛經喜歡用「如恆河沙數」這句比喻，經文又常提及「三千大千世界」，一個小千世界有三千世界，一中千有三千小千世界，大千也有三千中千世界，總共也有八十一萬億個世界了，雖沒有五十億兆那麼驚人，也已多不勝數啦！人類科技在幾千年前並沒有「哈勃望遠鏡」，釋迦牟尼講經早已洞悉天庭玄機，看來佛經比科學更先進呢。

天文學為了方便計算，改以光行走的速度作為單位，縱然是用了「光年」，也仍然是極大極遠的數目。因此，我們日常生活對於無法計算或多到人腦無法想像的事物，就說「天文數字」。讀者也許會想，面對浩瀚宇宙，懂與不懂，對我們又有何關係呢？

唐詩王之渙五言絕句：「欲窮千里目，更上一層樓」，証之天文學的認知，如有這方面的學識，我們的胸懷必定比那些不懂天文者更為開闊無比。明白地球在天庭中小到只有半粒沙的面積，那麼個人是這半顆小沙子中六十餘億人類中之一而已。何其渺小啊，那人類還有什麼好爭有什麼好鬥的呢？

忘了在那個華人墓園讀過這對聯，可作為拙文結語之用：

天地大離亭，千古浮生都是客
芙蓉空艷色，百千人事盡如花

相對於無始無終，廣闊無涯的浩瀚天庭，人在地球中存活，在時空軌道上，正是佛經中所說的「剎那」之間。認知天文小常識，可讓我們更虔誠更謙卑也更珍惜得之不易的生命啊！

二〇一〇年七月廿四日於墨爾本

而立的年輪

樹的影子和人的影子疊著疊著就把一個春天交給另一個春天。

人的影子在不斷的變，把別種姓氏妻過來以後，就有四種童音打破你處男的清白。你遂是鬧市上不帶手銬的囚徒。

賭注傾囊的擲下，然後瀟瀟灑灑的走開，誰也不過問你勝你敗。憐憫和同情是許多種虛偽裡的虛偽，人總是生活在虛偽裡而卻又拚命否認一切。人人如此，你不就是怪物。你在乎也如此，不在乎也如此。

當女子美美你的眼睛，美美你的心靈，你要如何用非處男的身體去回報一眸成春的感情，你的感情很「柏拉圖」，曾在蓮池畔，凝對千瓣春紅呢喃一個把你遺忘的名字。

很古典很中國的一個名字。

噢！中國中國，遙遠遙遠的地方。你只能在地圖上告訴子女們你曾經居住過的家鄉，而後痛苦的忘卻在納稅表上原籍欄格，所填寫的一個代表風雨不息的國名。

子女們不懂中國，中國更加不懂他們，什麼都可以灑脫，獨獨摔不開這個死結。

你又在無病呻吟，網住了又掙扎，然後再衝進另一網裡去。眾生嚮往彼岸，有多少眾生能夠成佛？

你是個不具「般若」的低等動物，不能自渡，佛怎能渡你？

包含四種智慧的「般若」，居然會淺淺的動起你的心。關於經是「經」或是「鏡」，也令你茫然過好一陣子。你想著的是那麼題外得可以使講經的和尚發笑，那和尚的風範和咬音清脆的一口潮州方言，確實迷你如斯。你有時間而又放得下你此刻的人生，你真想立刻出家，隨他雲遊八方。

你連讀書的時間也少得可憐，你更不會去讀經了。你想想而已，和尚很快又在你匆忙的來去中淡忘。

現實是一把鎖，宗教也許是失落的鎖匙，拜佛或信主的人最終可以找到他們的極樂之地或天國？地獄獰笑著打開黑門迎接你，蛆蟲迎接你，生命的終站對於人並沒有兩樣，只有活著的用儀式去區別。

你的「更年期」會來到很早，早熟早蒼老，這是自然規律。多麼不該想到死亡的問題，多麼不該有疲憊的倦意。非處男的三十整數是很青春很活潑的，應該是人生的二分一甚至三分一而已，但你卻獨對孤燈敏感不屬於你年輪的問題。

責任是世間的繭，你不該破蛹。走過的路路過的方向，錯和對，喜悅或痛苦都像夜來香的味道，飄來了又逸去，生命的書不能重讀，愛情也是。

你應該有所作為的，做一個成功的商人比詩人更容易，介於兩者之間的矛盾和不被認可的毅然或常有鎚心之疼。詩質和市儈的衝突是絕不融洽的兩面極端，什麼時候你才能從極端的兩面回歸，而立或不惑，還那麼茫茫無期，你在或已不在？

想起相信掌紋相信生命線的女子，纖纖弱弱的依附你，你堅強的抗拒迷信，那份柔情卻使你羞慚於獨對瓣瓣蓮花。把一生幸福隨便的交給女子，誠然危險，但當你感覺不幸或溢淚時，被吮乾淚水的溫暖融化。纖纖弱弱的女子的力量就如此堅強的恒常縛你囚你依附你。

千蓮千瓣千根烏絲皆化為水，你再也撈不回走遠的沉沒的時間。樹輪千年，樹影不變。人的影子疊著疊著就把一個春天交給另一個春天。春天變不變？你變不變？

後記

此文為幾十年前的舊作，轉輾覓得，重讀真有往事如煙之嘆，再發表好讓讀者了解作者當年在戰亂中的心情。

一九七三年五月寫於越南堤岸

孤獨的愉悅

來自內心的愉悅因獨來獨往與天地精神往來為樂。

——愛恩斯坦

除了生性極內向或患有自閉症的不幸者外，青少年人大都喜歡熱鬧而不愛獨處，這似乎是人的天性使然。離群者往往被視為異類，要忍受社會不同階層人士的非議及輕視眼光。為了經常能生活在熱鬧中，工作學習場所外，各式各樣的團體、會社、樂隊、球隊、俱樂部等組織莫不紛紛成立。由於人之道德、品性、修養、學識之差距，大部份初始高高興興地參與的人，終不免在衍生種種是非紛擾中，被傷害、誹謗、惡語、妒嫉，因而煩惱頓起，猜疑而至杯弓蛇影。本來快樂的日子，變得愁雲慘霧。有者意志消沉，有者心存報復而興風作浪，上演鬥爭鬧劇，貽笑天下。

隨著年齡的遞增，到耳順之齡以後，還如昔日靜不下心者，又是另類異數；相反，進入晚晴歲月的人生，應該去盡鉛華，反樸歸真，回到心靈孤獨的境界。可惜，放眼周遭識與不識的圈子，但見大多數「不認老」者，皆情緒亢昂，依然要在滾滾紅塵中爭名奪利，這些自尋煩惱的人，浸淫在俗世生活大潮的物慾中，任其浮沉，根本不能品味生命的靈性。

懂得規劃人生，過日子就變得很充實，不會渾渾噩噩。有些到了退休後，往日朝氣蓬勃一去不返，整個人有如漏氣氣球，生活彷彿除了「等吃、等睡、等死」外，再無任何事可做了？要不，就整日躲進賭場與「老虎機」搏鬥，把白花花的錢去餵永遠也不飽的「老虎」。這些人也是難忍孤獨者，總要在人堆中在人潮裏証明自己的存在，証明自己還活著。

去年開始，我已漸漸變更了過去的生活，逐步淡出社團，對鬧哄哄的餐會、吵雜的場所感到不勝其擾。朋友問我，不參加社團活動，能做什麼？是的，不少人若不在社團打滾，便會度日如年。因為這些人不論年齡大小，多是不奈寂寞者。

我卻總感到時間不夠用，獨處時，內心享受著無上的愉悅，一點孤單感也無。以下是我歡喜孤獨的緣由：

讀書非要有獨處的時間不可，在讀書過程中享受不同作家智慧，那份心靈共鳴所得到的樂趣，又豈足為外人道哉？

散步、聆天籟之音、輕風拂面，啁啾波浪不絕於耳，神清氣爽。每日清晨，我與天地融而為一，白雲、樹影、飄葉、長街、風聲、鳥鳴，圖畫裏處處有我在。

創作、在書房播放古典樂章，各位大師的妙曲在我耳際繚繞。靈感頓湧時，將我思我想我感從指尖上敲成篇章，獨坐書房，自得其樂。不但忘憂，也經常忘餐。

天氣晴朗，前園後庭也是我獨處的地方，對園藝並無興趣，把它當成生活不可少的項目，因為總不能久待電腦前，也不可久捧書冊。活動肋骨，吸收戶外空氣與天地精華，最好的方法便是到前後園去蒔花弄草了。

上網、獨對電腦螢光幕，打開網絡，世界繽紛色彩即時呈現眼前，查閱電子信，分享散居五湖四海的親人、文朋詩友、神交網友等的喜怒哀樂，以及他們傳來的種種訊息，過濾或轉發，也常將拙作傳出去讓友輩們先讀，真個不亦樂乎。

長夜漫漫，若無應酬，最好是觀賞影片或連續劇，讓劇中人的嬉笑怒罵感染，看看不同時空的社會眾生相。電視機打開後，色彩和聲浪彌漫，投入時，往往會被劇情牽扯著一顆平靜的心，時而隨之喜時而跟著愁，真不知人間何世？

「來自內心的愉悅因獨來獨往與天地精神往來為樂。」無意讀到愛恩斯坦以上這句話，才知道孤獨並非如凡人想像中的寂寞或苦悶，而是心靈的一種至高無上的愉悅，若非有個人的體會，實在難明。人除了肉身外，還存在了靈性，要想靈性得到喜悅，獨處是最佳妙方。修行者之參禪、打坐、入定、閉關、靜思，無非就是求與「天地精神往來」，而從中得到無上的喜樂。

獨處時還可少了許多是非，人與人交往，發生矛盾時便形成了種種我執，我執是連本身也見不到的毒素。這毒素會促成夫妻、朋友、親人反目，情緣變成了痛苦根源。煩惱如影追隨，揮之不去。能讓心靈得到愉悅，在孤獨中去領悟，自可避免不少人我是非的糾纏。

孤獨有種種好處，何不暫時放下身心，好好去享受因為獨處而獲到的精神無上愉悅呢。

二〇〇六年九月十五日於墨爾本

幸福的定義

每當節日來臨或親人友好們辦喜慶時，諸如壽誕、嫁娶、彌月，在賀卡或紅包封外，往往會寫下幾句簡單賀詞。而用得最多的就是「幸福」這個詞句，可想而知，人們對「幸福」的憧憬有多普遍。

至於什麼是「幸福」？解釋這個問題，卻因人而異。人的追求各有不同，譬如嗜酒的劉伶們，只要一杯在手，三五知己，猜拳行令或慢酌豪飲，不亦快哉！這些酒仙、酒神、酒徒，甚至等而下之的酒鬼們，有酒喝就好幸福啊。

又如賭徒們，若能日日到墨爾本皇冠賭場或去澳門、拉斯維加斯等賭城搏殺，那就是天大的幸福啦！惹上吸毒的癮君子們，為了「過」毒癮，什麼壞事都能幹得出來，他們所作所為，也是在追求屬於吸毒群體專有的「幸福」感。

某些地區的同胞們，競相攀比誰的情婦多？有錢在手或有權在握時，錦衣肉食外，莫不以種種手段弄回十個、百個各色女人，二奶三奶包得越多，就感到越「幸福」？這等喪盡良知喪失道德的人，所謂「幸福」完全是建築在他人痛苦上。

喜歡金錢的人，努力積蓄或拚命掠奪，這類人心中「幸福」的定義自然就是「錢」啦。

以上隨便舉例的這些所謂「幸福」，其實是因財、色、賭、毒、酒等不正當嗜好誘因，走火入魔的以為得到的或追逐的是「幸福」？這類「幸福」所付出的代價，最終莫不以悲劇結束，他們的「幸福」只像飄渺在霧中的花、水中的月。

一般正常人家的幸福，不過是衣、食、住、行的人生大事，都能應付自如。有正當的工作，養妻活兒外，假期一家人都能出外散散心，那就是幸福了。

有欠缺的事事物物，無論是物質或精神上，只要能獲得滿足，填補了所欠所缺，自然會感到無比的「幸福」。

我個人的幸福感很簡單，每每是敲鍵盤撰完了一篇作品，無論是詩是散文，又或者是微型小說或雜文，在關閉電腦時，身心皆暢快。彷彿完成了某種使命似的快樂，幸福感油然而生。再來是每讀完一部好著作甚至只是一篇好文章，剎那中也感覺幸福盈溢，那麼好的著作居然有緣捧讀。受感動而滋生樂趣，有樂趣也就有幸福感。

今歲農曆年節時，受邀參加「墨爾本慈濟功德會」的新年祈福會，獲贈送小紀念品，其中一卷竟是恭錄證嚴法師「靜思語」的書法影印揮春：

懂得運用時間，利益人群就是幸福

來澳洲定居後，洋國度因沒有過農曆年的氣氛，也幾乎不再貼揮春。何況一些揮春所書的陳腔濫調，俗不可耐，不掛倒少了點庸俗。

展開這張簡單明瞭的紅紙黑字書法，凝思良久後，為了鞭策自己，將之貼在書房壁上，每次撰稿時，抬頭即見。時間是生命，會運用時間的人，不但是珍惜生命者，若能將時間去做種種「利益人群」的大小事，就是「幸福」。

從來沒想到「幸福」能有此種定義？難怪分佈全球各地，會有那麼多「慈濟人」啊！今年四月蒞臨墨爾本與雪梨演講，最近在臺灣榮獲年度國家文藝大獎的名作家陳若曦（獎金新臺幣一百萬元。）教授，也曾是「慈濟人」。遠在舊金山的內弟葉伯誠夫婦早已是當地活躍的慈濟人，尤其是他那位賢慧的夫人林美齡，更是全心全意投入，他們原來是一直悄悄的享受著「幸福」呢。

「助人為快樂之本」，有餘力去幫助他人，從中得到無比樂趣，那自然就感到好幸福，這也就是施比受更有福氣之義。

這麼多年來，我偶而會興起些因抽不出時間去當義工，而滋生慚愧內疚感？直到二〇〇四年元旦，應臺灣「唯心宗禪機山易經學院」之邀，參加該宗派首次假臺北巨蛋體育館舉辦的六萬人祭祖大典。並獲混元禪師親筆揮毫：「以文宏法」書法賜贈，混元禪師並對我開示：好作家就是社會大眾靈魂工程師，以文載道，對讀者起到「震聾發聵」作用，也就是佛經上所講的「善知識」。若能用文章宏揚佛法，那更是無量功德。

禪師慈悲，解我迷惑，才明白了原來自己一直是積極面對人生，從不浪費光陰。退休後每日依然忙得不可開交，連遠在香港的詩人飄雪，每每來電郵都勿忘一再關照提醒，要我多休息，保重身體。

慈悲為懷的證嚴上人，早已將最精要的佛法融入「靜思語」中，廣澤天下眾生。有緣者，只要了悟「靜思語」的任何一句話，也就終生受用無窮了，所謂「如獲至寶」不過如此。

希望讀者們，尤其是從來不知「靜思語」為何種經典的人，有緣讀了這篇拙文，好好靜思這句顯淺易懂的證嚴法師金句：「懂得運用時間，利益人群就是幸福。」想通了從此力行不怠，那麼，漲飽的「幸福」已笑哈哈的在招手了。

二〇一一年十月十三日仲春於墨爾本

見吾不拜也無妨

早年在原居地生活，每逢年節母親必要前往座落在華埠中心的「二府廟」進香，拜祭的三牲及各式水果眾多，經常要我陪同幫忙攜帶。

除了當母親的司機外，自然盡點孝心，到達後停好車，雙手就攜著裝滿供品和香燭的竹籃，進入彷似六合院式建築的宏偉廟宇。在慈親指示下一一把供品放在神壇前，主壇供捧的是「福德正神」（也叫本頭公），兩旁還有觀世音菩薩和釋迦牟尼佛，以及土地公、財神爺和一些我不認識的諸天神佛。

廟內盈溢著一片朦朧煙霧，有時濃密到幾乎伸手不見五指，眼睛出淚，呼吸不順，真是怕怕。神壇前的男女信眾莫不虔誠跪地或拜或求竹籤，廟祝偶而敲木魚，也偶聞鐘聲。我通常在完成擺放祭品任務後，立即從側門離去，在廟門外觀看福建中學的學生們玩耍籃球。（廟前大廣場就是南越堤岸福建中學的籃球場，五層高的巍峨母校屹立在廟前右方。）

大約半個時辰，再進去協助母親收拾供品，然後陪老母回家。路上母親往往不忘嘮叨訴說我一番，說入廟不拜菩薩是大不敬。我明知媽媽最想的是我能和她一般的信仰本頭公，信仰數不清的滿天神佛。可我卻無論母親如何嘮叨，也不為所動。心中總認為那是無知和迷信，媽媽是文盲，大字不識一個，人云亦云，我這個讀書人，豈能如老母那樣去跪拜泥菩薩木菩薩？

父親除了在家中祖先靈位前，先曾祖父母及先祖父母忌辰拜祭外，記憶中鮮少如母親般到廟上香。因此，對於我入廟不拜之事，雖早知其事，卻也沒責備我半句。倒是慈母每去廟宇，回程對我必有微詞。

我事親向來不敢忤逆，唯獨在婚姻及宗教信仰這兩大事，我做不到百依百順。極為明事理的嚴父，全不計較，也不認為那是「不孝」的行為。但在老母心中，總是以她的認知對我有看法，她要的是一個完全順從的兒子。因此，在她要為我相親，要我娶個她歡喜的同鄉女子為妻。我卻陽奉陰違，去自由戀愛，結果在老父支持下與廣東南海女子結髮。好多年以後，老母看在五個乖孫份上，才解開了不讓我娶外省人的心結。

到了澳洲定居，父母遠在歐洲，天各一方的遠隔，除了電話和書信，再非如往昔可以天天定省晨昏了。二十年前老母病重，前往歐洲探望，侍奉近月，大風雪中生離竟成永訣。傷心之餘，自我反省，對於年青時的固執，入廟不肯跪拜菩薩，讓老母不快，實在未能盡孝，心中自是愧疚不已。亦由此因緣，我才涉獵佛經，想了解先母的宗教情懷。

為了讓兒孫明白「慎終追遠」的意義，自先母辭世後，每於老母忌辰，就在遺照前祭祀，要兒孫們都回來上香叩頭。都是大學生的子女們，也像我早歲時心態，認為祭拜是一種「迷信」行為。但因為他們都無宗教信仰，心存孝道，不忍逆我，順從的回來向祖母遺相上香叩頭，先父忌辰也必闔府祭祀，然後高高興興的享用內子婉冰的拿手佳餚。

這麼多年來，我也到過不少廟宇，許是習慣許是自以為是？也照舊入廟不上香，亦不跪拜神壇上的菩薩們，但已一改過去掉頭就走或過廟不入，往往在被供奉的菩薩前，恭敬鞠躬行禮。算是打個招呼，入鄉要隨俗，入廟也該向「主人」頷首，反正禮多人不怪，神佛也不怪。

前年旅行時，在一座廟宇內見到高高在上的菩薩，笑吟吟的一臉慈悲，其旁的大對聯如下：

事父未能，入廟傾誠皆末節

悅親有道，見吾不拜也無妨

這位大菩薩真讓我心生喜悅，不愧是真知灼見的神明啊。世人到廟宇跪拜祈福，每多有所求，少有無求的信徒。但這些善信若是在家，連親生父母也不奉不養，或忤逆或反叛或不孝或棄之如敝屣。如此對待雙親的人，卻到廟宇來向菩薩諸多要求，求福求財求壽求名求利求官求子求女求妻求夫求平安等等，如此對父母忤逆者，菩薩若有求必應，這個菩薩豈非好壞相等？是非不分？

這對聯語的意思是說：「未能事奉父母不孝之人，入廟對神佛傾出萬種誠心也是無用。若經常取悅父母的孝順兒女，見到我這尊菩薩不拜也不要緊呢！」

我半生入廟不拜，一是無所求於菩薩，如今對菩薩鞠躬行禮，是尊敬這些有德行的神佛。這位大菩薩，為我的行為作了最好的開譯，那天，我倒心悅誠服的向這位我不拜祂祂也不會怪我的大菩薩行了三鞠躬大禮。離開該廟宇後，臉上不禁掛上了一串笑意。

天下為人子女者，若要到廟宇燒香跪拜，誠心祈求菩薩庇佑，首先在家時要好好的孝順父母，不然，求也是妄求啊！

二〇〇五年九月二十五日於無相濟

翔安區新墟之星——黃添福先生重振家聲

滿清末代時，安南堤岸華埠富豪黃希鼈先生，回家鄉福建翔安新墟古宅建了一棟千餘平方公尺的四合院。這座命名「大夫第」的深深庭院擁有三十九間房，在貧困農村成為百年來新墟鎮一則傳奇。

隨著歲月奔流人事變遷，共有七房兒孫，漸漸沒落，而「大夫第」已被風霜摧殘破敗，成了後人追憶的話題。

半世紀前，黃氏尾房孫兒加自與紅花夫婦先後誕下二子一女，長子添福聰明向上，十六歲加入共青團，廿歲入黨，成為最年青的專職團幹部，是政府栽培的重要對象。青年得志但對從政

黃添福先生攝於安陽辦公室

不感興趣的添福，當了五年共青團幹部後，成功轉去同安縣外貿局當文書，是高薪安隱的好職業。他的轉業成為鄉人大惑不解的議論話題，想不通有大好政治本錢的人為何放棄？

改革開放的大潮衝擊著全國，因有親人在德國定居，令婚後未久的添福在人生旅途上再面臨決擇。敢於接受挑戰的他，終於飛往歐洲，再次放棄被鄉人羨慕的那份文書工作。

在德國苦幹數年，自律甚嚴，他是位不煙不酒不賭的勤奮之人。甘苦與共的夫人陳藝瑩在德國再誕下千金，帶著兩個女兒在西方生活，最終無非成為餐飲業東主，而女兒將必淪為黃皮香蕉。此種人生並非他想要得到，躊躇思量後，一九九二年帶著幾萬馬克與妻女返鄉。這決定再次成為鄉人百思難明的話題，多少國人朝思暮想都是往國外去，而有如此好機會的人卻在短短幾年間做了「海歸」先鋒。

回鄉後將帶回國的二十萬人民幣投資開設中藥店，已是富人，二十萬實在是最豐厚的第一桶金啊。有了資本加上頭腦靈活，專門買賣洋參、老山參等貴重中藥。在創業摸索過程，黃添福先後在家鄉開設茶館、龍眼園、超市、停車場、娛樂廳、養鹿場、酒樓及墓園等多種事業。

回鄉七年後也即是一九九九年，機緣巧合的投身房地產開發，在同安區開發「銀城佳園」舊城改造專案，建築面積六萬餘平方米的高樓公寓。三年後到廈門投資，建了三萬餘方米的「福園公寓」，建成後一家人也遷至這棟十八層高，在十六層中為自己築了三層「樓中樓」美輪美奐的家居。

二〇〇四年到安徽淮南與他人合作成立「銀鷺房地產開發公司」，開發了「銀鷺萬樹城」專案，總建築面積八十萬平方米，八千套單位的樓字。造福了當地人民，因而這位黃總經理獲得安徽省長的接見與表揚。

去年轉去河南安陽成立了「安陽祥和房地產開發有限公司」，三年內準備建築二十七棟高樓，共三十五萬平方米約兩千五百個住宅單位。明年同時在離鄭州不遠的新鄉市區內拆遷七百餘家破落戶，改建新商場及住宅單位，將改變新鄉市的市容，難怪該市市長及領導對這位來自翔安區新墟的開發商人熱情歡迎。

成功的人擁有財富絕不稀奇，但一位有了財富而受社會各界推崇及尊敬的人並不多見，因而才有「為富不仁」的說法。可像黃添福先生這位備受員工、鄉親及家人一致讚揚的人實不多見。此次回鄉探親，所到處每提起黃總，莫不異口

黃添福在家鄉翔安大路所建豪宅「福園」外觀

同聲對他大加讚揚。被其人格、道德及品行魅力所感動，因而不辭辛苦專程飛往安陽，對向來低調不受訪問的黃添福進行訪談，深入瞭解他的為人及成功之道。

在他與黃大成副總的辦公廳內，聽他娓娓道來，親切感油然而生。在員工宿舍內，意外並訝異於這位黃總居然是和員工們同甘共苦，獨自居於簡陋單位房內除了一張床及書桌、電視機外，並無它物。

這位和藹可親、平易待人的黃總，是極重鄉情者，對後輩及同仁皆視如親友。安陽的員工中有半數均來自家鄉新墟，在同安、廈門等辦公室也是儘量選用鄉人。

在新鄉參觀其即將動工的開發區，初識其合伴人肖先生，問為何會遠來河南與黃總合作？他說黃總是他的模範，不論為人做事都要向他學習，能與這麼好的人合作，是自己的福氣。

在安陽幾天，每日為我開車的師傅小劉，熟悉後對我說，能有黃總這樣善待員工的好老闆，令他感到無比的幸運。

事親至孝的黃添福，為了八十高齡的父親一句話，要他重建祖厝。前年投鉅資在家鄉古宅大路村，其曾祖父百餘年前所建的「大夫第」左旁，建起了豪宅「福園」。這座三層高共有十間臥房六個浴室廁所，前後圍牆，種滿花草及魚池的大別墅，落成後即轟動了翔安區各市鎮人民，經常前往拍照及觀賞者絡繹不絕。

百餘年前因「大夫第」建成後，新墟各處流傳著的四句話：「有大路厝，無大路富；有大路富，無大路厝。」如今因氣派豪華宏偉的巨宅「福園」屹立後，這四句讚揚「大夫第」及黃公希鼇的美語，再次傳揚了。

歷經百餘年時光，黃希鼇公的第四代孫添福先生經已重振家聲，揚名海內外。難能可貴的是，在參觀這座豪宅內的主人大睡房壁櫃內，發現了捐給古宅小學、新墟中學等學校，（前後捐款數百萬）養老院等機構的各類鳴謝狀及各公職如商會副會長、監事長等等證書。最近改建祖祠捐款十五萬元，他是最多的一筆。還有做著許多鮮為人知的善舉，都在默默的積著陰德。

當年獨具慧眼，在眾多追求者中，不嫌添福貪窮而委身下嫁的陳藝瑩，終於守得雲開見明月了，早已享受著富貴生活，並移民墨爾本。這位女強人在家鄉的公職比丈夫更多，還是翔安的政協常委呢。長女舒婷遠適瑞士，已育有一對兒女，幼女舒怡在廈大進修。

黃添福業餘愛看書報和電視，好品茶，幾乎是無茶不歡了。熱愛工作，計劃到七十歲才退休，將來要到澳洲享受清福。對錢財並不太重視的這位富豪，從沒有因為錢財與合伴人爭執。他說財富到了一定程度，無非是數字遊戲。要追求的是造福社會及企業家的成就感，在中國改革大潮中做點小小貢獻。

在中國現今社會，還有像黃添福如此一位謙卑富人，真是難能可貴。尤其是他待人處事作風，備受鄉人、員工、合作夥伴、至親及工商各界人士齊聲頌揚。與他接觸，都會被他親切誠懇之情所感染，如此好人，希望大家都能向他學習，因而撰打拙文公諸社會，家鄉古宅大路黃公希鼇地下有知，必含笑九泉。

二〇一〇年九月廿九日於墨爾本

書冊幽香滿屋飄

風笛詩社網站設計人之一，定居於美國德州的潘國鴻詩兄，月前「易妙」來，想知道我的地址，說要寄十五套書籍共二千多冊送給我。讀後真令我憂喜參半，驚訝於這位神交多年至今素未謀面的詩友如此慷慨，餽贈厚禮，要我如何回報？心中也不無盈溢了來自千山萬水外那份「笛兄弟」情誼的喜悅。

我的「無相齋」早已有書滿之患，四個書架擠擁著古今無數作家、詩人、學者、哲學家、宗教家以及散佈世界各國的文朋詩友們的著作，還有不少無處容身而暫且安放地板上。此外，走廊的書櫃，客廳茶几上下也都散放著書本。後園的儲藏室和車庫更收存了被打入冷宮的一箱箱典籍和各類過期雜誌。若忽然收到如此多的贈書，要添購幾個大書架始能安置呢？

另一個使我難安的事是，這終要打破了我向來格守的規矩，就是收了任何贈書，都必定要讀完它。若不捧讀，總像欠下了贈書人的一筆債似的。但我每年平均最多只能讀五六十本各類書冊，收下這幾千部著作，今生是無望讀完了。

其實，我自訂的這條守則，早在幾年前已破了例，那是故親翁朱炳圻將軍（在生時曾任臺灣三軍總醫院院長職）生前從臺灣寄贈八十八本的「中國文學總新賞」，這套包括了詩經、楚辭、唐詩、宋詞、元曲等古典文學的典籍，這些年來幾乎還安躺著的自發幽香，只是偶而翻閱，作為創作時的工具書，也只好以此自嘲了。

當時意外接獲這大箱海運而至的古冊，心中大喜之餘也確實狠下心來，無論再忙也要好好讀完它。可是，贈書照樣源源不絕，尤其是那些作者簽名餽贈的著作，更非讀不可。此外，報章、周刊、雜誌、以及上網易妙，也都要花費時間去看去讀去覆，忙起來實在是分身乏術了。

國鴻詩兄在回郵時又說將寄給我的書冊總共是兩千五百七十四本，另外還送多一套完全相同的兩千五百七十四本，以防萬一將來存書失落時，還有後備之書可用，如此設想周全的朋友再難尋覓。可是，倒令我徬徨無措了，卻之不恭，真個不知如何是好？

幾個星期後，忍不住試探一下這位文采洋溢的詩兄，很想坦誠告訴他，若仍未寄出，就此算了吧。殊不知他立即回函，說書已在途中了，並肯定推算至遲將於本週末便會抵達了。

果然一天也不差，昨天週五我就接到了這大批書籍，十五套清楚分類如下：現代文學四百四十八本；世界文學三百六十九本；中國古典名著一百四十六本；傳記紀實兩百一十本；武俠小說（金庸全集十五套、梁羽生系列三十三套、古龍系列五十三套、黃易作品集三十三套、臥龍生系列五十三套，其他武俠作品九套）；言情小說（亦舒全集七十五本、瓊瑤系列五十五本、席娟作品集四十九本、岑凱倫作品集三十三本）；科幻偵探一百二十五本；倪匡的衛斯理科幻系列一百三十九本；科普哲學七十四本；友文集三百一十三本；大藏經；蔡志忠漫畫三十二套；經濟管理與電腦九十七本；藝術、影音、時尚、宗教一百二十三本；其他叢書七十四本。

細點之下，實數不是兩千五百七十四本，而是三千三百五十八本，因為武俠小說中每一套都是四五本，把套當成本，就如此少算了幾百本了。再乘以二，總共的書冊是六千七百一十六本之多。

每天清晨散步必路過郵局順便開信箱，昨天信箱中多了一紙通知，按鈴後，職員接過通知書便快速從窗口處遞出一小包裹，四方的小紙盒，心中納悶，是什麼東西？急不及待的查看寄件人，竟然是德州國鴻詩兄。輕過一本普通書籍的重量，回家打開一看，天啊！果然如他所說，是整整十五套書冊，分別藏於十五張磁碟ＣＤ內，另外一張ＤＶＤ印著「Ｅ書時空電子圖書」，這張小磁碟竟容納了與那十五張ＣＤ碟完全相同的那幾千本書冊。

心中一時百感交集，我這個孤陋寡聞的書生，直至今日才相信現代人是可以把幾千冊書本放在身上，隨時隨地都可以打開電子閱讀器或開了電腦，選讀那幾千本書冊中的任何一本任何一章任何一段落的文字。

現代文明科技突飛猛進，別說古人無法想像，今人如我，對驟然而來的新事物，若無機緣接觸，也一樣難於明瞭。我悵然若失的對著那精美的小皮袋，一掌盈握中居然就拿著六千多本書冊，真如佛經中提到的「不可思議」。啊！多年來，渴望能看一看「大藏經」，去年國鴻詩兄就提過他有這部佛教大典，說會送我一套，我將信將疑？收藏了全部佛經的大藏經，那麼貴重的典籍，這位素昧平生的詩兄也真太慷慨了。如今，在那十五張碟中就有一張是「大藏經」，詩兄實無訛我也。

電腦桌上就平放著這十多片磁碟的數千冊典籍，讓這無數古今作家的文字精靈散佈在家居中，和四壁書架上的書冊一起把幽香飄送，從此滿屋盈溢的更是濃得化不開的書香了。

二〇〇四年十一月二十日於無相齋

一夜鄉心五處同

弔影分為千里雁，辭根散作九秋蓬
共看明月應垂淚，一夜鄉心五處同
——白居易

每讀到白樂天被貶江州司馬後，所作這首七言律詩的下聯時，往往思潮奔騰，感到世事雖隔千載，人生無數離亂卻何期相似？

這位大詩人所思念的兄弟，無非在江西、浙江、安徽及陝西等地，還都在中國境內。而同樣因為戰亂，卻令我與弟弟、子女分處於歐、美、澳、亞四大洲五個不同國度。雖說時代不同，但在空間距離上，比之詩人白居易兄弟羈旅一方，卻更遙遠多了。

三十二年前越戰結束，改朝換代後的原居國，對我們這些寄人籬下的海外孤兒來說，竟然是隱埋了一場悽愴的夢魘，彷似怪獸在黑夜中等待吞噬著我們。

為了繼續呼吸自由的空氣，不願活在被奴役的國度裏，也希望兒孫輩將來可享受到幸福的生活。我們用生命做了賭注，與汪洋、海盜、風浪搏鬥。卑微的生命大難不死者，通通成了狼狽不堪的「海上難民」。一次次逃亡成功的圖文訊息，餵飽了當年西方各國的傳媒。

出逃前本來先父母都說好了，整家人必定要逃到相同的國家。先母最憂心的是本可朝夕相見的兒孫們，從此天各一方。

命運根本是無法預知，一旦變成「難民」，才知道我們這種卑微身分之人是再無討價還價的條件了。

當我一家與高采烈的從印尼首都雅加達移至墨爾本定居時，在初秋寒風中慶幸重生，卻沒想到先母最怕的事經已發生，再也回天乏力。以至一九八五年七月先母辭世，我和兒女們皆未能赴歐洲奔喪，讓媽媽抱憾而終。每一思及我未盡人子之責，那份愧疚便如針尖刺心。

父母先後埋骨德國北方杜鵑花城Westerstede寧靜的墓園，清明和重陽以及父母忌辰，我是無墓可掃者，唯有在雙親遺照前祭祀，讓兒孫們追思。

三弟玉淵住在離杜鵑花城六十里外的Witmund小鎮，日前來電，侄兒大學畢業，闔府前往掃墓，以告慰先父母在天之靈。年輕時被先母溺愛的三弟，沒想到數年前經已皈依佛教，茹素頌經，在繁華歐洲一處小城過著與世無爭的生活。

與我相差兩歲的玉湖二弟，幾年前結束了在德國的酒樓營業，移居風景秀麗的瑞士。夫婦每天全職照顧幾個孫兒女，教誦唐詩，說閩南鄉音和國語，忙到不亦樂乎。電談時往往不忘要那幾位叫我伯公的稚齡侄孫們，在話筒中背誦唐詩。說每年先父母忌辰，都會千里馳往杜鵑花城掃墓，讓我頗感汗顏。

長女美詩定居美國加州，嫁夫生子，執教舊金山私校，數月前獲全州優秀教師獎，能敬業樂群，也讓我老懷高興。每兩、三年一次，必攜子從美國歸寧。內子婉冰也如此，三兩年必回加州娘家省親。母女穿梭往返美、澳兩國，成了無法改變的約定。

三子明哲真正成了地球村的公民，前年從新加坡轉駐東京，時而飛大連、上海，時而在首爾開會，或者從香港掛來電話。日本發生地震，有什麼風吹草動，身為母親的婉冰，立即守著電話，打不通時必愁眉苦臉。見她如此神傷，唯有暗中用電腦「易妙」到老三的手機上，往往我仍在書齋上網，客廳鈴聲已響，母子倆經已在電話中傾談了。我對兒女們說，孝心不在給父母錦衣肉食，只要遠行時記得打報平安的電話就夠啦。

除了以上提及舍弟及兒女外，還有八十多高齡的叔叔和嬸嬸在家鄉，一生在山區務農的叔父，兒女也都分居泉州、廈門，無法承歡膝下。老來頗感寂寞和無奈，每次電談，叔父均企盼我兄弟們能經常回去。從沒乘過飛機的老人，對定居海外的後輩至親，無法想像和他相距有多遠。過去十餘年來，我前後三次返鄉，最高興的是能「認識」叔父母、堂弟妹，二位姨媽和表弟妹們。

曾問及先父為何年青時要離鄉背井到南洋去？說因山村貧瘠無出路，而且男兒志在四方，不能終生局限於農村，為了前途決心隻身飄洋過海謀生。沒想到一九四九年後變成有鄉難歸有國難投，難怪雙親的鄉愁濃到化不開。我兄弟從小就被先父母口中美麗的「唐山」感染了那份淡淡的似有若無的鄉思。

人生變幻無窮，若非戰亂，我家人就不會分散到四大洲多個不同國境裏。雖說現代交通勝過古時百倍，可空間距離也遠大於古早人。總不能像以前生活在同一地區，可以早晚相見，免去思念之苦。

由於並非如白居易兄弟只是分散在同一國境內，有時月圓之夜，仰望那輪南太極當空皓月。若時間是晚上九點，想起東京與閩南家鄉才黃昏，月兒還沒顯現。而美國還是十八個小時前的凌晨三點，女兒和外孫都在夢鄉，歐洲是太陽高懸的正午，二位弟弟怎會有月亮可望？

連和離散的親人共看明月的機會也沒有，「一夜鄉心五處同」的寫照也無法對上呢！看來，大詩人白居易先生比我還幸運得多啊！

二〇〇七年三月二十九日初春於墨爾本

同年五月刊於臺灣人間福報副刊

弄孫樂與育孫苦

在我以前的一篇作品中，建議過祖父母不該當孫輩的保姆，隔代養育，對三代人都無好處，祖輩個中辛苦鮮為人知，孫輩無法與父母朝夕相對，享受不到孺慕情，也會形成了代溝。但身為祖父母，愛孫心切，或為了子女工作打拚無法兼顧養兒育女，不得不老來再當保姆。兒女孝順，將老人當成「家中一寶」。那麼，祖輩體力再辛苦，也不會怨嘆；相反，若還要看媳婦或女婿臉色者，就太不值了。

二弟幾年前結束餐廳業務，舉家從德國移到瑞士去。我多次相邀，希望他來澳洲一遊，都說無法分身。提早退休後，夫婦成了幾個孫兒女的全職保姆。自嘲說是辛苦命，比不上我好命。兒孫自有兒孫福，好命苦命都掌握在自己手上，分別是放得下或放不下吧了。若因放不下而負起保姆職，也要力所能及，尤其要有尊嚴，勿要當了老奴才再受白眼，那就是「自討苦吃」，活該也。

西方國家，工資過高，普通家庭是聘不起全職保姆或住家工。父母健在者，自會想到申請雙親移民到來團聚，可從此將養兒育女之責託給「家中之寶」。這如意算盤果然敲得好，於是澳洲無端多出了個「夕陽移民」群體。可憐這大批半生吃草擠奶苦盡甘未來，原想老來從子，本以為可以享受晚福的「老牛」們，到達幸福之國澳大利亞後，竟然一頭擠入了全職義工保姆隊伍。懂得知恩圖報的兒女，能心存感激，這些老牛們也都心甘情願的為兒孫盡心力而無怨悔。

有了孫輩的人，應該享受到的是「弄孫樂」而不是「育孫苦」，弄孫是天經地義之事，育孫卻非本份，全視兒女如何對待而定。誰都知道，請保姆或寄託兒所，除了花費不少外，還不放心將心肝寶貝託付予那些並無血親關係的人。能有父母代勞，實在是大福氣呢。

這次到雪梨，是內子愛孫心切，一口應允要幫照顧歲半的孫兒永良，好讓兒子夫婦能安心演好七號電視臺的片集角色。從弄孫變成了保姆，未幾天，才知道苦與樂的分別可真大呢。

以前，我們每週去博士山（Box Hill）兩次，燉或煮些肉粥帶去給孫兒，然後和他玩耍，又跑又跳，嘻嘻哈哈一陣子，爺孫嬤孫同樂。在他依依不捨的揮手飛吻中離去，回程途中常讓我們回味那份弄孫至樂。三兩天不去，心中自然牽掛，再忙也要抽空去和乖孫相聚片刻，無非在那短暫的幾小時中，祖孫共處，其樂融融。

這幾天，清晨六時前後，兒子房中鬧鐘鈴響，我們也緊跟起床。兩老分開用早點，輪流照顧還熟睡的孫兒。等他起身後，食喝、更衣、換尿片，都由婉冰服侍妥當，才用手推車帶他離開酒店，推去達令港灣逛逛，讓他玩鞦韆、滑梯、過木橋、看海鷗、天鵝，然後去華埠買報紙，順手購些水果、甜點等。

回來給他用餐，哄他午睡，醒後陪他玩各種各類的玩具，或踏膠球，或畫版上塗鴉，或看兒童電視。玩夠了，吵著出門，只好整裝推他到走廊行走走或帶下樓去散步。待到黃昏後，兒子夫婦回來，責任才完。人已累到腰酸骨痛，還要再行去華埠食晚飯，難怪胃口不佳了。

幸而孫兒笑口常開，終日有祖父母相陪，倒也過癮之至。在港灣玩累了，不肯上手推車，高張小手，要爺爺抱抱，聽到那聲甜蜜的「爺爺」，再倦也得將他抱起。

等他日間小睡片刻，我才能看書報或打稿。往昔生活全被打亂了，無法游泳，應酬也不便，真是有苦自知。幸而，只要二十多天，回去墨爾本，臨時保姆任務完成，就恢復正常了。

想起瑞士的二弟夫婦，整日被幾個孫男女糾纏，完全沒了自己的時間，那份為兒孫的奉獻，真是偉大。要我學他，真的無法做到。我共有三男二女，二十九年前帶他們海上逃難。辛勞教養，如今長大，學有所成，都離巢獨立。盡了父母天職，孫輩那代，再不必我操心操勞了。

像此次做臨時保姆，皆因兒子夫婦好玩，應徵入選為電視片集當演員，又說他們是唯一的一對華裔，能為吾族爭光，豈可錯過這難得的機會？孫兒與我們極為投緣，也真不忍心他被陌生人照顧近月，因而才應承。做祖父母，與孫輩天倫共聚，圖的是弄孫之樂，絕不該是育孫之苦。

二〇〇七年元月九日於雪梨達令港Oaks酒店

問白髮如何迴避

不久前雪梨多位印支華裔團體代表蒞臨墨爾本開會，主辦單位安排到史賓威中華公學圖館參觀，由我向嘉賓們介紹「大新倉頡中文輸入法」的敲打原理，遠來的訪客們聆後立被這套最快速的中文電腦輸入法深深吸引。

互換名片時，澳洲團結黨的蘇敬善先生對我說，來墨爾本開會，其中一個目的就想見見我？並問是否認得他？這位熱心參政的僑領鬢霜已飄白，任我搜索枯腸也無法憶起此君是何許人也？

經他說及在原居地的本來名字時，猛然想到是幾十年前越南堤岸華埠福建中學的同窗。去國轉瞬三十餘春秋，數十年歲月匆匆飛逝。面對的是頂上白髮參差，又改了大名的老同學，叫我如何能猜到呢？

非關歲月摧殘而變白的頭顱，最有名的當然是一夜白髮的伍子胥了。近代卻有位臺灣著名詩人尹玲，在一九七五年南越淪陷時，她因擔心遠在湄公河畔美拖市的父母及家人安危，竟也一夜中烏絲全變白了。

八年前，尹玲芳蹤忽現墨爾本，彼此神交多載，在南越無緣相識，沒想到會異地相逢，令我那幾天一直浸沉在喜悅中。這位海外越南華裔才女，不但擁有臺大文學博士學位，同時留學法國又考取了法國文學博士文憑，是我同輩中擁有最高學歷的學者。

任職臺灣淡江大學的何金蘭教授，用筆名「尹玲」縱橫詩壇，成就非凡。見面時，立被她那頭銀白亮麗的秀髮吸住了眼眸，心中不免低吟「可憐未老頭先白」的詞句。相處幾天，有緣聆聽她美妙的歌聲，那份浪漫情懷和氣質，無礙於整頭銀絲配在美麗臉龐頂上，反而成了詩人尹玲如假包換的標誌呢。

每遇到比我年長者還有滿頭烏絲，心中不免佩服其養生有道？嘖嘖輕嘆聲中，老伴經驗之談已在耳旁迴響，染黑的都看不出來嗎？因為我從沒想到要在頭顱上花點心機，更以為人人都該當如此。匆匆人生，時間總不夠用了，何必管它髮黑髮白呢？故此不知有男性染髮這回事？主觀老想著那是女士們愛美的專利啊。

每天匆匆對鏡梳理，如有應酬時洗頭後，拿風筒吹吹濕髮讓其快乾，再塗點髮油，才不會見人時「怒髮衝冠」有失禮儀。這麼多年從來沒去注意鬢毛有何變化，總以為滿頭青絲將隨我終老？

那天老同學蘇敬善給我名片時說，一眼就認出我來了。令我有點飄飄然，還以為真的青春長駐呢，他頭頂早有無數白髮穿插了。後來才醒覺，他已探知我人在墨爾本，有備而至，自然知我是何人也。自己未免高興得太早了吧？

要迴避白髮的滋生，除了自欺欺人的常用染髮霜外，自然規律應無從對抗，那是生命週期的宿命。女人而能有詩人尹玲那份瀟脫自信和達觀，實不多見，她以本來面目讓一頭銀髮飄出極其誘人的美麗，反而是青春常駐象徵呢！

人生有許多事是無法迴避，白髮無論一問再問，仍然會不理不睬的在頭頂上慢慢滋長，任誰都無法抗拒。那些用染料改變其色素，也無非是五、七日之期。一旦不再染或忘了塗抹，鬢腳又會雪白如故，白得不亦樂乎似的讓人心虛。

澳洲洋女士們，年青時拚命為保姿容而用盡各種各類的化妝品。一旦到坐五望六時，反而對那頭銀髮放其自然，因而乘公車時免去了翻手袋找高齡証的麻煩。盡情享受國家及社會給予「銀髮族」的種種優惠與尊敬。

澳洲每年十月第一星期定為「老人週」，只要擁有老人卡者，不論長短途火車、地鐵、電線車及巴士，七天內均免費任乘坐。銀髮族大舉出動，處處可見。真個意氣風發，令中青年們羨慕之至。

去年收到州政府寄來的老人卡及州長親筆簽名的賀函，真個憂喜參半。憂的是時不我予之慨，竟然被定格為「老人」啦；喜者，自今而後可以從心所欲，不必再為五斗米折腰了。

迴避不了的白髮啊，來時無計可躲藏，問也白問，那就不問也罷！

烏絲能變白那才是壽徵呢！擁有壽者相，不正是眾生所祈求的福氣嗎？

二〇〇八年十一月十四日於墨爾本

柳絮飛來片片紅

七、八年前，到香港深望兒子，順道前往北京觀光。由於不知五月勞動節是長假，大巴士擠在車潮裏幾有寸步難移之感。個中擠擁之苦實不足為外人道，後來一想不過來五天，比起北京居民要長期忍受這種阻塞，也就心平氣靜了。

那天車停午門附近一個景點拍照，微風揚起，訝見四周飄浮著白濛濛的絮片。初始不明何物，問導遊才知是柳絮。宛如雪花又彷是棉絮，輕軟飄逸，遠近景物忽然被這片純白色誇張的宣染著。

印象中可與比擬的是一九八五年到德國探親，離開時天降大雪，病中的母親站立門前依依不捨的送行。天地都被那白得令人心慌的霜雪所覆蓋，慈母瘦弱的身影未久便被白雪所掩蔽了，那竟是與慈母永訣的最後一面了。

後來忘了在那兒讀到了本文題目這詩句：「柳絮飛來片片紅」，心想要不就是這個人胡亂塗鴉，根本沒見過柳絮？要不就是老編沒有校對，讓打字員將「白」字植錯了，才會鬧出如此笑話？

自以為聰明者，往往會被聰明所誤，我想也不想的就在那篇文字上將「紅」字塗抹，代改正「白」字。心中還竊笑自喜，名家也者，竟也會出錯啊？

人世間的萬事萬物，實非有涯之生都能洞悉。學問更是如此，浩瀚學海裏，蹤窮畢生歲月，也無法盡窺堂奧。早年沈迷於天文學，每夜觀星象，對浩繁星海，所知極少，除了書本上種種星星的位置及名稱外，對光年的計算、銀河系與其他天體的距離及形成，亦皆從有限的中文翻譯書所得。

蒞澳後為了生計每天要到車廠操作機器，業餘時間更要寫作，維持對熱愛文學的執著。在精力、時間及金錢的限制下，對遙遠太空那門並無任何功利價值的學問，也就無閒顧及了。

每在報上讀到有關天文訊息，都必細心詳讀。有次與剛上初中的幼子明仁聊天，總算能和他印証了「地球是一粒沙」論點。後來也對佛經中常提及的「三千大千世界」這句話，証實了釋迦牟尼佛對宇宙的真知灼見。那真是天外有天，銀河系外有其他的星系啊！豈止是「恆河沙數」呢？

讀到美太空總署的天文學家，發現太空存在著宇宙中的黑暗物質，說在距地球五十億光年外的星系群中，發現環狀黑暗物質的證據。美國天文學家說：前年八月他們在繪製編號：ZwC1024+1652星系群中的黑暗物質分佈圖時，意外獲得這項發現。

對這些擁有高薪資的天文學家們，我老是懷疑莫非他們是為了維持那份高尚職業，而不得不發表些凡人無法求証的所謂「新發現」？唉！莫說五十億光年外的宇宙那麼遙不可及，蹤然只是一光年的太空距離，我們又如何能証明那兒的太空變化呢？

這些與人類存活根本沒有太大關係的太空新聞，除了讓天文學系的學子們以及各國天文學家們有話題可談外，就是讓如我這個不務正業又充滿好奇心的書生可多點閱讀素材而已。相信與否，都屬查無實証的了。

上週偶然讀到聯合文學出版的聯合文叢，汪曾祺短篇小說自選集：「茱萸集」一書中，描寫幾位文人用「飛」和「紅」這兩字玩文字遊戲。其中一位脫口而出的句子就是：「飛來柳絮片片紅」，一眾嘩然都反對，正如我以前自作聰明般。幸而其中有位學識淵博者將出處說明，那是咏平山堂詩，詩句如下：

廿四橋邊廿四風，憑欄猶憶舊江東；
夕陽返照桃花渡，柳絮飛來片片紅。

斷章取義看似不合邏輯的這句詩：「飛來柳絮片片紅」，讀罷全詩，尤其是第三句「夕陽返照桃花渡」，本來雪白的柳絮之成為「片片紅」，全因夕陽返照啊，將桃花渡的鮮紅桃花映照在柳絮上，因而就變成了一片紅柳絮呢。

詩人真非亂蓋啊，更非胡亂塗鴉，反而是我這個自以為是的井底蛙見笑了。

佩服之餘，令我深思再三，如那些天文學家所講所發現，吾人雖無法查証，但這些有專業知識的高科技學者，也絕不是蓋的啊！提出的理論必定有其道理。只是囿於自己的無知，和囿於淺薄的學識，一時無法理解吧了。因自己的無能膚淺，竟敢質疑存在於人世間多如牛毛的各類專業學問，想想也真夠汗顏呢。

由此，更證實了「吾生有涯而學海無涯」，我所懂所識所知所學，實在渺少得很呢。唯有珍惜寸陰，多讀多學多問多思多想，才會在這知識與學問爆炸的新時代，獲取些微新知的養份啊！

二〇〇九年二月廿七日於墨爾本

要文學02　PG1066

要有光 FIAT LUX

柳絮飛來片片紅

作　　者	心　水
責任編輯	林泰宏
圖文排版	詹凱倫
封面設計	陳佩蓉
出版策劃	要有光
製作發行	秀威資訊科技股份有限公司 114 台北市內湖區瑞光路76巷65號1樓 電話：+886-2-2796-3638　傳真：+886-2-2796-1377 服務信箱：service@showwe.com.tw http://www.showwe.com.tw
郵政劃撥	19563868　戶名：秀威資訊科技股份有限公司
展售門市	國家書店【松江門市】 104 台北市中山區松江路209號1樓 電話：+886-2-2518-0207　傳真：+886-2-2518-0778
網路訂購	秀威網路書店：http://www.bodbooks.com.tw 國家網路書店：http://www.govbooks.com.tw
法律顧問	毛國樑　律師
總 經 銷	易可數位行銷股份有限公司 地址：231新北市新店區寶橋路235巷6弄3號5樓 電話：+886-2-8911-0825　傳真：+886-2-8911-0801 e-mail：book-info@ecorebooks.com 易可部落格：http://ecorebooks.pixnet.net/blog
出版日期	2013年10月　BOD一版
定　　價	380元

Printed in Taiwan

國家圖書館出版品預行編目

柳絮飛來片片紅 / 心水著. -- 一版. -- 臺北市 : 要有光,
2013.10
面 ;　公分. -- (要文學 ; PG1066)
BOD版
ISBN 978-986-89852-7-8 (平裝)

855　　102017630

讀者回函卡

感謝您購買本書，為提升服務品質，請填妥以下資料，將讀者回函卡直接寄回或傳真本公司，收到您的寶貴意見後，我們會收藏記錄及檢討，謝謝！

如您需要了解本公司最新出版書目、購書優惠或企劃活動，歡迎您上網查詢或下載相關資料：http:// www.showwe.com.tw

您購買的書名：____________________

出生日期：________年________月________日

學歷：□高中（含）以下　□大專　□研究所（含）以上

職業：□製造業　□金融業　□資訊業　□軍警　□傳播業　□自由業

□服務業　□公務員　□教職　□學生　□家管　□其它______

購書地點：□網路書店　□實體書店　□書展　□郵購　□贈閱　□其他

您從何得知本書的消息？

□網路書店　□實體書店　□網路搜尋　□電子報　□書訊　□雜誌

□傳播媒體　□親友推薦　□網站推薦　□部落格　□其他__________

您對本書的評價：（請填代號　1.非常滿意　2.滿意　3.尚可　4.再改進）

封面設計____　版面編排____　內容____　文／譯筆____　價格____

讀完書後您覺得：

□很有收穫　□有收穫　□收穫不多　□沒收穫

對我們的建議：____________________

____

____

____

請貼
郵票

11466
台北市內湖區瑞光路 76 巷 65 號 1 樓

秀威資訊科技股份有限公司 收

BOD 數位出版事業部

（請沿線對折寄回，謝謝！）

姓　　名：________________　年齡：________　性別：□女　□男

郵遞區號：□□□□□

地　　址：________________________________

聯絡電話：（日）________________（夜）________________

E-mail：________________________________